鬥陣俱樂部

Fight Club

Chuck Palahniuk

By 恰克·帕拉尼克

余光照 譯

太空猴傷逝的童話

駱以軍

有一次，在一間氣氛高雅的法式茶店裡，一位漂亮的女孩對我說：「你知道嗎？台北現在也出現了幾家『鬥陣俱樂部』。」我愣了一下，第一瞬的反應是看她兩邊的側臉，她的鼻梁、眉骨甚至耳朵，可有瘀青撕裂或縫線的疤疤？沒有。接著她侃侃而談，先是她男友著迷此道，他們還定期去跟一位專業拳師學拳，沒想到後來是她迷上了。她煞有其事地講了一些拳擊攻防和基本腳步的術語。我鬆了一口氣，拳擊，又是頭盔又是拳套，還有專業拳師和醫生在一旁監控全程。所以那並不是所謂的「鬥陣俱樂部」嘛，充其量又是那些閒得慌的白領階級，稍微把身體的蠻荒放縱與想像力在無趣的健身房和龍蛇雜處的搖頭吧再越界一點點、流一點汗、有一點點虛榮的罪惡感（據說警察仍是要抓的）。比在老外PUB的手足球或撞球枱更感受多一些周圍人群的囂叫，身體的碰撞比那些青少年在夜間公路軋車（實在年紀大了也打不進那個圈子了）或好幾萬年前在街頭電玩店（如今是網咖）切關對打（螢幕裡的替身）更具有實感……但那真的只是這個城市習慣性將所有抄襲來的殘虐遊戲有毒有害那部分先鑷夾掉的，布爾喬亞將自我厭膩感揮發掉的速食版罷了。

真正的「鬥陣俱樂部」是怎麼一回事呢——對不起我是指那本小說裡所描述的——「鬥陣俱樂部規定第一條，不可談論鬥陣俱樂部」，那個發明這個城市夜間蠻荒暴力遊戲的天才，在想出這個一對一對幹，把對方人形輪廓徹底痛擊摧毀之前絕不停止的釘孤隻遊戲之前，是像個遊魂一般疲於奔命參加城市裡那些千奇百怪的互助團體聚會：腦部寄生蟲患者聚會、骨質退化疾病聚會、有機大腦功能衰竭症者聚會、癌症患者聚會（不同的癌症：睪丸癌、腸道上升癌、喉癌）、血液寄生蟲、肺結核、生理性腦部精神錯亂……各式各樣瀕死者的聚會。他是個假貨，冒充者。在和那些歪斜壞毀、畸零不全的身體擁抱中痛哭流涕，「真實感受」自己的生命，感受那些帶著死亡陰影的人的哭泣和顫抖，恐懼和悔恨。然後治癒他的失眠症，「感覺自己活蹦亂跳的生命」。

這樣一個既痛惡著那個疊床架屋、結構森嚴的社會，卻又渴望走入人群（雖然是以凌虐的形式）的傢伙，很奇怪地，他所設計出來的遊戲，皆以反社會的極致暴力美學始，結局卻皆走向無法管束自己的集團化組織化（模仿他所憎惡的『社會』），以及散放著魅惑光亮的，少年法西斯。一開始，他在高級餐館的後間廚房，對那些賭爛的上流人士餐盤裡擤鼻涕、撒尿、射精；他在一片黑暗燠熱難耐警鈴大響的電影放映間裡，把一張單格的勃起陰莖畫片在六十分之一秒快閃插入那些人們渾然不覺的純情影片中；他竊取並熬煮那些像《慾望城市》裡的豪華女人們抽脂後從身體上剝離下來的脂肪條，瓢去獸脂、製成一條二十美金的人脂肥皂再賣回給那些貴婦。這樣帶著（或者是偽扮成）階級仇恨的暴力化場景其實並不陌生，其中有一場戲，是男主角帶著手下的「鬥陣俱樂部」成員，突襲打算調查他們的警察局長（他們要切下他的卵蛋），一段近乎宣言的告白：「好好記住，你成天踩在腳下的這批人，你仰賴的每個人都是我們的一份子。我們就是那些幫你洗衣燒飯端盤子的那些人。我們替你鋪床。我們在你睡覺的時候幫你看家。我們幫你開救護車。我們接通你的電話。我們是廚師，我們是計程車司機，我們知道你每一件事。我們受理你的保險理賠，你的信用卡簽帳。我們控制你每一部分的生活。」在這段陳腔爛調之後，他加上了一段讓人真正不寒而慄的話：「我們是歷史的第二胎，讓電視養大，相信我們有一天會是百萬富翁電影明星和搖滾巨星，可是我們不是。我們剛剛才知道這個事實，所以別來他媽的煩我們。」

暴力化的孤獨。繁瑣的炸彈和燒夷彈製作知識（把做肥皂的甘油混上硝酸，就是硝化甘油，再混上硝酸鈉和木屑，可以轟掉一座大橋），那已不僅僅是近距離運鏡的揮拳、身體的痛感，或對方的鼻血噴濺在你的襯衫衣領上。那亦不只是昆德拉所說「一整世代的年輕人對抗自己的青春」，或是杜斯妥也夫斯基的「附魔者」。那是整個二十世紀現代意識最殘虐最黑暗的核心。那個黑盒子裡禁錮著大屠殺之謎，奧茲維茲之謎、廣島原子彈之謎，乃至於九二那樣矗立在地平線上方近乎電影畫面的懾人壯麗之謎。

那代表著：感性能力腐蝕壞毀的最終樣貌。人徹底將自制力繳械投降。「鬥陣俱樂部」一點也不孤獨，人多的是，追隨者眾。因為無感性的憎恨複製起來比用那些人體剝下的油脂製作炸彈要容易許多。那個主角亦憎惡地詛稱那些從他的精神核心裡翻製出來的成員們為「太空猴」。那些人像單套染色體一樣被好萊塢電影的爛劇本、電視的脫口秀節目、血腥但直戮戮道德正義的新聞給生產出來。那些讓電視養大的「歷史的第二胎」，無法分辨高空遠景用精靈炸彈轟平巴格達或阿姆的髒話ＭＴＶ何者帶來更大的激爽？歷史的維度不見了，所以它的獨裁者只能是一個失眠的人格解離症患者（而不是《迷宮中的將軍》）；它的群眾像一些在搖頭吧裡夢遊的肌肉身體，他們的台詞只會說：「泰勒先生，我好崇拜你。」然後背誦「鬥陣俱樂部」的十條守則；故事最後的救贖者，則是一群像《南方四賤客》卡通裡跑出來的，怎麼用火箭炮、手榴彈、大鉛錘、吊車攪拌機弄得屍塊橫飛、爛兮巴拉，最後仍能滑稽地爬向鏡頭，那些互助聚會裡的，「所有腸胃癌、大腦寄生蟲病變、憂鬱症患者，肺結核患者全都走著、拐著、輪椅推著地朝我走來」。像一幅風格上帶著根本性殘缺的摹仿畫，《鬥陣俱樂部》或正是我這個世代的故事，我們臨帖著葛林小說裡那些戴墨鏡海地祕密警察恐怖又僵直的臉貌；我們臨帖著昆德拉小說裡那些「沒有人會笑」動輒將意識型態手指戳向你的群眾們；我們臨帖著馬奎斯小說裡被革命意志與獨裁魅惑像雨季掏空了泥屋地基的邦迪亞上校；我們臨帖著《惡童手記》裡那一對以互相傷害「學習」忍受痛苦的雙胞胎；我們臨帖著阿城小說裡那些讓人瞳暈擴散，無比陰鬱的，人群在一瘋魔時刻，無來由地殘虐。

我們臨帖著種種種種，然後組成「我們」的故事。路徑、邏輯、製作程序皆沒有多大出入。但結果不知怎麼、就像那些自體繁殖的複製羊複製猴子，總變成一個捏肩歪斜的故事。

《鬥陣俱樂部》這部小說摺疊收藏著我們這個世代灰色眼瞳所看到的世界景觀，那似乎是一路從《麥田捕手》到《發條橘子》下來，終於任何一絲古典感性都無法逃避資本主義商品網絡的複製機制，在「人性」的國度蕩然無存的哀嘆。連對那個龐大冰冷的大機器所投擲的憤怒與暴力，都被放進了ＤＮＡ螺旋體基因定序的電腦程式中快速運算。我在那間法式茶店裡，想和那位漂亮女孩多聊聊關於「鬥陣俱樂部」的種種：我記得我青少年時曾和一群同伴在一間燈光晦暗的小撞球店內，推著球桿憤怒地圍毆一個老婦（因為她總是偷斤加兩在那塊粉筆計時的小黑格上，訛詐多算我們的球資）；我記得我們曾帶著棒球棍，趁夜摸進那高額收費後又將我們退學的重考補習班，把他們的門窗玻璃、收銀機、電腦、獎盃……悉數砸毀。但那是許多年前的事了。之後我們終於仍得穿上襯衫西裝褲，人模人樣進入那些未來感十足的辦公大樓、捷運車站、名牌商品街、高級飯店的咖啡吧。當我們隔著這一大片昂貴材料與符號迷宮的城市森林，望見一個我們想揮拳將他擊倒的肚爛傢伙時，我們必須埋頭研究比製造肥皂或炸彈複雜一萬倍的那些知識：股票交易、控制管理、國際情勢、商戰守則、辦公室人性、廣告與傳播……。偶爾我們想去這城市夜間的，地下「鬥陣俱樂部」打打拳，享受一下肉體直面肉體的爆破感銳刺感或速度感（真實的不是虛擬的），我們且必須從正規拳擊的技藝演訓開始。

那時你會哀傷地發現：這不是一本殘虐血腥不忍卒睹的黑色文學，它是一本太空猴們充滿傷逝惆悵的童話故事。充其量——像主角泰勒將那些什麼陽具啊屍體啊之類的幻燈片，快閃記憶地插入六十分之一秒的甜美影片裡——像現代版的《水滸傳》，你淚漣漣全身雞皮疙瘩地在自己的空調辦公室小座位上讀著它，知道那是一個遲早被併購的，小小的「不存在的俱樂部」。

安那其主義者的烹飪食譜

林則良

我們這一代並沒有經歷大戰，或大蕭條，但是我們的確有場精神大戰要打。我們有場反對文化的大革命。大蕭條的是我們的人生。

——恰克．帕拉尼克，《鬥陣俱樂部》

一九九五年，位居波特蘭，一個在汽車裝配廠生產線工作的技工，把寫了三個月，改了三次，原稱 *Project Mayhem*（《破壞計畫》）的小說手稿寄給他身在紐約為演員的經紀人 Edward Hibbert，就在送達當地的 W. W. Norton 出版社第三天，他們決定出版了這本隨後被當成「美國這十年來唯一最讓人興奮的原創小說」；那時，書名已經被這位技工改為 *Fight Club*（《鬥陣俱樂部》）。說來反諷，但事實上，這本小說是這位技工對出版社「豎起中指」的憤怒之舉，他想，反正他的小說都不會有人要出版，他從小立志要當個作家的抱負就到此為止，他就躺在汽車底下、滿身油污地過一輩子吧；若是給命運最後一拳還是扭不過來，那至少就給它「豎隻中指」。這隻中指，也因此沒有尺規地傾瀉整個身體的全部。書出版後沒多久，這本兩人互打把彼此打到爛卻因此生活幸福美滿的「啟示錄」（「自我改善只是在手淫，自我毀滅才是答案」），卻成了地下經典，成了暢銷書，同時讓他擺脫他深惡痛絕的汽車裝配廠生產線工作——這個故事的輪廓，似乎隨後被輾轉抄襲到紐約獨立製片導演霍爾・哈特萊（Hal Hartley）所拍的黑色電影《亨利，你這個大笨蛋》（*Henry Fool*）身上。恰克・帕拉尼克這位隨後拼死拼活努力寫作、幾乎每年都有新書出版的小說家，就立下了自己的字號，他總說：老有人講，河不用人推，它自己會流。但它並不會自己流，我得自己推著它流。

二〇〇〇年當小說所改編的電影上映過後，接受英國《衛報》訪談時，恰克・帕拉尼克非常誠實地承認他第一次被打得鼻青臉腫的經驗，這一打，一整個月身體瘀青，「在我們附近露營的一些人想要整晚喝酒鬧宴會，一晚我試著要他們住嘴安靜，他們把我打個半死。當我回去上班時正好被暴打過，整個人看起來很淒慘。沒人敢問我怎麼回事。我想他們怕聽到答案。我了解到要是你看起來夠淒慘，就沒人想知道你工作之餘到底幹了什麼事。他們不想知道你的壞事。關鍵就是只要看起來夠糟就沒人會過問。而那就是《鬥陣俱樂部》小說的背後來源。」

經過這個事件之後，當時還在汽車裝配線工作的技工（他可是主修新聞的畢業生）就開始到處討打，「我發現我自己從來沒有打過架，經驗過了，哇，蠻有點樂趣的。那是很棒的釋放，呀，受點了傷，但我撐過來了。而這讓我非常好奇自己的能耐。之後，只要碰到機會，我毫不猶豫就去打。所以寫整本書的時候，那是一段我經常在打架的時期。我的朋友從不想跟我一起外出，因為我老是到處挑釁。」就在對自己的工作深惡痛絕到得經常上酒吧喝酒鬧事打架好釋放自己，恰克·帕拉尼克只要一找到紙，包括酒吐當下，捉起廁紙，就寫下所有他聽到的對話，語詞以及黑色笑話。好幾年來，他一直就在靠著辦公室他在寫技術手冊時的一塊夾紙塑膠板子，臥倒在汽車底下，寫他的小說，有時一天只寫一個句子。

這本讓很多讀者讀著想笑，卻實在「恐怖」到覺得笑出來很「粗魯」的經典小說，描寫著被女人養大、隨著電視機爬到大，被教導著去受高等教育，找到一份好工作，有自己「傢具一切齊備」的雅痞公寓，然後呢？去結婚，生小孩。卻還很小就很世故，長大後被困在身體裡很小孩，越不過成熟，卻老有他媽的女性主義者「控告」你男性沙文、權力核心的宰制者，卻實際上越來越陰性、情緒上無法掌控、處處遭人矮化的「人類殘渣」。三十老幾，內心空虛到把郵購目錄當成色情錄影帶。這一代，X世代，有著最聰明的腦袋，卻做著最卑微的工作。在黑色的幽默中夾雜著宛如超現實的玩笑話，其實內裡異常哀傷，「幽默很殘酷。不然的話，怎麼會擾人呢？沒有幽默的話，我的書讀起來就會像那一堆悲慘的歐普拉選書，你知道，每個人就只會哭，看起來悲慘至極，然後，沒了。悲劇頂端的悲劇實在讓人消受不起。」在情緒上，它引動著極為「挑釁」的共鳴感。

就在一九九九年在《洛杉磯時報》，恰克．帕拉尼克在電影首映前寫了一篇紀念文，提到他免費被餐廳小弟招待，因為他就是那個寫《鬥陣俱樂部》的傢伙；紐約某雜誌的編輯打電話給他，氣急敗壞地向他要當地「鬥陣俱樂部」的地址，要把他的某個作者丟去打一頓，當他說那是捏造時，該編輯叫他去見鬼；一大堆信件寄到他手上每一封來自倫敦、紐澤西和什麼鬼地方的年輕人告訴他，他們去「鬥陣俱樂部」見識過；他的朋友查理，一個剃光頭的餐廳小弟，在影片裡尬一角，卻被真的演員所飾演的剃光頭的餐廳小弟所服務（這不是頂像《驚聲尖叫3》？）；很多女人，嚴肅而平靜地問他，有那樣的俱樂部專給女人去的嗎？他的一個德國朋友，只會念幾句從通俗劇學來的英文，卻把房子打造成電影裡「紙街肥皂工廠」的樣子，三不五時背誦整部電影裡布萊德．彼特的台詞；他爸爸覺得寫的是關於他缺席的爸爸；「那就跟你在理髮廳對著兩面相照的鏡子一樣的感覺，你可以看到你的反影的反影的反影直到無限。」他寫到，「《鬥陣俱樂部》某部份一直都是真實的。比較少像本小說，而比較像我一些朋友生活的文選。我真的有好幾個禮拜失眠。我認識的憤怒的餐廳小弟在食物上搞鬼。他們把頭剔光。我的朋友愛莉絲做肥皂。我認識的每一個人都對他們的父親很失望。甚至我父親也對他的父親很失望。」

由這個世代最「厲害」的美國導演大衛・芬奇耗費超過六千多萬美金所改編的電影版，在二〇〇二年出DVD完整版時，已經聚集了一群擁護的地下影迷。一九九九年當電影在世界各地放映時，極力被攻擊為「超級暴力」、「鼓勵光頭新納粹」、「仇視女性」，電影公司想把兩大明星打得鼻歪眼斜的醜陋鏡頭剪掉，最後還好只剪掉「硬蕊色情」單格穿插閃過的畫面。有影評說影史上最偉大的演員都被打得亂七八糟然後成為巨星；有影評嘲笑這部反物質的電影卻用了最昂貴的物質（金錢）來堆積。當時飽受誤解的導演在少數亮相的媒體訪談中，極力說這部電影就是要髒要打到爛才合乎原著精神，而這不是暴力電影，而是這個世代的《畢業生》在找尋成長的儀式，「恰克就像一架點子的彈珠台，一大堆東西四處彈跳，而東西亮閃了起來。要是你想拍一部有大堆點子在裡面的電影，你就沒必要全然掌控。」兩大明星，一開始以「髒」出名、隨後卻老是乾淨（好樣子）的厚嘴唇演員布萊德・彼特說：「重點不是去打爛某人，而更是去領受打擊。這是為了連結（connection），是為了方位，是為了感覺，是為了給懸空的痲痹感答案。根據改編的這本書所討論是認同問題，我們這一代的惡疾。」以及演過《美國X史》（*American History X*）、光頭新納粹、肌肉賁張到處亂打人，其實是耶魯高材生，性格溫和的愛德華・紐頓說：「在讀這本書的時候，我發現每一頁所表達的東西我就在我周邊的人身上感覺到和發現到。這是第一本我讀到表達我們這一代的能量——或者說匱乏——的作品。它傳達了最深層的痲痹感和絕望。」

一如恰克所寫的，「這本書，以及現在這部電影，是每個人的產品，而且，一切都增添進去，《鬥陣俱樂部》的故事變得更強壯、更清晰，不再只記錄某個人的生命，而是一整個世代；不再是一整個世代，而是所有的男人。」

鬥陣俱樂部

給 Carol Meader，

感謝她容忍我所有的惡行。

鳴謝

我要感謝底下的名單裡的人們，感謝他們的愛和支持，

不管，你知道的，發生多少可怕的事。

Ina Gebert

Geoff Pleat

Mike Keefe

Michael Vern Smith

Suzie Vitello

Tom Spanbauer

Gerald Howard

Edward Hibbert

Gordon Growden

Dennis Stovall

Linni Stovall

Ken Foster

Monica Drake

Fred Palahniuk

I

泰勒幫我找了份端盤子的工作，不久泰勒把槍塞在我嘴裡並且說，要想永垂不朽，第一要先噶屁。其實好長一段時間，泰勒和我是超級死黨。大家總是問，我認不認識泰勒·德爾登。

槍管子死頂著我的喉嚨，泰勒說，「我們真的不會死。」

我的舌頭可以感覺到槍管上面我們兩人鑽出來的消音孔。槍擊所發出的噪音大部分是因氣體膨脹而來的，其次就是子彈快速穿越所產生的小小音爆。搞個消音器不難，只要在槍管上鑽洞就成了，鑽很多很多個洞。如此氣體得以宣洩，子彈得以減速，慢過音速。

洞鑽錯了，你的手就會被手槍轟得開花。

「我們其實不算死，」泰勒說。「我們會成為傳奇。我們不會變老。」

鬼。

我用舌頭把槍管往我倖存的另一半臉頰那邊撥，然後說，泰勒，你說的那種叫做吸血

我們站立的這棟建築物十分鐘內就會消失。先找來濃度百分之九十八、猛冒煙的硝酸溶液，接著加上三倍分量的硫酸。在一浴缸的冰水裡搞。然後用滴管一滴一滴加進甘油。硝化甘油就此誕生。

我都知道因為泰勒知道。

在木屑中加入酸液，我們就有漂漂亮亮的塑膠炸彈了。有很多老兄在硝酸裡混著棉花，並用瀉鹽取代硫化物。這也成。還有些人，他們拿石蠟去混硝酸。以我的經驗來說，石蠟從來沒有一次成功過。

就這樣，泰勒和我人在派克—摩里斯大廈的屋頂，一管槍塞在我的嘴裡，然後我們聽著玻璃碎裂。望過邊際。陰沉多雲，即便在這樣的高度。這是世界上最高的建築物，在這樣的高度，風總是冷的。在這樣的高度，四周好安靜，你會感受到自己像隻被送上太空的猴子。你得乖乖做那份人家訓練你去做的小差事。

拉拉桿。

按按鈕。

在做什麼，你根本不了解，然後你便死去。

一百九十一層樓的高度，你望過屋頂邊際，底下的街道點綴著碎布般的人群，站著，往上看。碎裂的玻璃是我們底下的一面窗子。建築物側邊先是轟出一面窗子，然後飛出一座跟黑色冰箱一樣大的檔案櫃，在我們的正下面一座六個抽屜的檔案櫃正從建築物的斷崖面直直落下，緩慢旋轉地落下，越變越小地落下，消失在成堆的人群裡。

在我們底下一百九十一層樓的某處，「破壞計畫」麾下「惡搞委員會」的太空猴子們，此刻正到處亂竄，摧毀一片片的歷史。

有句老話這麼說，親手殺掉的總是自己心愛的，哎，你也知道，這話正反說都成立。

嘴裡塞著槍，槍管卡在齒間，說起話來只有母音發得出來。

我們進入倒數最後十分鐘的階段了。

另一面窗子從建築物裡轟了出來，玻璃噴灑四散，有鴿群飛天的燦爛氣勢，然後一張黑色木桌子被「惡搞委員會」一寸一寸地從建築物內部推了出來，直到桌子傾斜滑動然後上下顛倒地翻轉成一具飛行器消失在人群中。

派克—摩里斯大廈在九分鐘內便不復存在。搞來足夠的爆炸明膠，然後在任何東西的基底梁柱包上那麼一圈，就可以整垮世界上的任何一棟建築。你得把搞來的東西服服貼貼地用沙包頂住，如此爆炸力才會直衝梁柱，而不是轟到梁柱周圍的停車場。

這種技術性的東西不是隨便找來一本歷史書翻翻就找得到的。燒夷彈的製造方法有三種：一，你可以混合等量的汽油和冰凍的濃縮橘子汁。二，你可以混合等量的汽油和健怡可樂。三，你可以把貓便便丟進汽油裡溶解，直到混合物變得濃稠。

怎樣製作神經毒氣？考不倒我的。哎，還有那些瘋狂的汽車炸彈。

九分鐘。

派克—摩里斯大廈會倒塌，所有一百九十一層樓慢慢地像棵樹在森林中倒下。樹要倒了！你可以弄垮所有東西。我們站著的這個地方只不過是天空中的一個小點點，想來就奇怪。

泰勒和我就在屋頂邊緣，槍就在我的嘴裡，我心想，這槍到底乾不乾淨。

我們剛剛才徹底忘記泰勒的什麼謀殺自殺的，另一座檔案櫃從建築物側邊滑落，抽屜在半空中翻轉打開，一疊疊的白紙乘著上升的氣流飛在風中。

八分鐘。

然後是煙，煙開始從破碎的窗口冒出。毀滅小組將會在大約八分鐘後點燃主要火藥。

主要火藥會引爆底層火藥，基底梁柱便會崩塌，然後派克—摩里斯大廈的系列照片便會走入歷史。

連續五張的分時系列照片。這張，大廈還屹立著。第二張，大廈站在八十度角。然後是七十度角。大廈在第四張照片裡是四十五度角，此時骨架開始支撐不住，塔身顯得有些彎曲。最後一張照片，高塔，一百九十一層樓的高塔，將會迎面坍在國立博物館上頭，那才是泰勒的真正目標。

「這就是我們的世界，現在，我們的世界，」泰勒說，「那些老先生老太太都死了。」

要是我知道這一切會變成這樣，我倒寧願現在就死，還可以進天堂快活。

七分鐘。

身在派克—摩里斯大廈的頂樓，泰勒的手槍塞在我的嘴裡。一邊是桌子和檔案櫃和電腦流星般地往大廈四周的人群墜落，硝煙從破裂的窗口竄起，三條街外的毀滅小組盯著時間等待著，我心知肚明：這槍，這無政府混亂，這炸藥，其實全為了瑪拉．辛格。

六分鐘。

我們有種搞不定的三角關係在運作。我想要泰勒。泰勒想要瑪拉。瑪拉想要我。

我不要瑪拉，泰勒不要我，不再需要我了。這不是關愛裡的那種愛。這是產權裡的那種產。

沒有瑪拉，泰勒便一無所有。

五分鐘。

也許我們會變成傳奇，也許我們不會。不，我說，等等。

如果沒人寫下福音，哪來耶穌的存在？

四分鐘。

我用舌頭把槍管挪到臉頰邊，然後說，泰勒，你想成為傳奇，好小子，我就讓你成為傳奇。打從一開始我就全程參與。

我什麼都記得。

三分鐘。

2

鮑伯大大的手臂把我團團包在裡面，我被擠壓在鮑伯嶄新的、流著汗的奶頭中間，那裡一片黑暗，懸吊著龐大的奶頭，就像上帝在我們心中的偉大那樣大。在到處都是人的教堂地下室繞來繞去，我們每晚碰面：這位是亞特，這位是保羅，這位是鮑伯；鮑伯的大肩膀讓我想起地平線。鮑伯的一頭濃厚金髮就是當普通髮膠自稱為造型髮雕後的標準產物，超厚超金，外加切得超直的髮線。

他的手臂環抱著我，鮑伯的手掌握著我的頭，貼近他大塊胸膛上新冒出頭的奶子。

「一切都會沒事的，」鮑伯說。「現在你哭吧。」

從我的膝蓋到我的額頭，我感受到鮑伯身體內燃燒食物和氧氣的化學反應。

「也許他們已經過早發現了，」鮑伯說。「也許這只是精母細胞瘤。精母細胞瘤的存活率幾乎可達百分之百。」

鮑伯的肩膀在深深地吸了口氣時，抬了起來，然後放下，放下，哭哭啼啼地放下。抬起來。放下，放下，放下。

兩年來我每個星期都到，每個星期鮑伯都用他的手臂環抱著我，接著我就哭。

「你哭，」鮑伯說，吸了口氣接著啜泣，啜泣，啜泣。「現在哭吧。」

濕答答的大臉安放在我的頭上，而我則迷失在裡面了。這就是我哭的時候。在令人窒息的黑暗中，密閉在某人的裡面，當你看清你所有可能成功的事情到頭來都是垃圾的時候，哭泣這檔子最省事。

任何你可能感到驕傲的事情都會被拋棄。

而我就在裡頭迷失。

這是將近一週來我最接近睡眠的經驗了。

我就這樣遇見了瑪拉．辛格。

鮑伯哭，那是因為六個月前他的睪丸被切除了。接下來荷爾蒙補助治療。鮑伯有奶子，是因為他的睪丸素劑量太高的緣故。睪丸素的水平提高太多，你的身體便會拉高雌激素以尋求平衡。

這就是我哭的時候，因為此刻，你的人生到頭來一場空，甚至不是空，而是遺忘。

太多的雌激素會讓你長出母狗的奶頭。

當你了解所有你愛的人都會拒絕你或者難逃一死，哭起來很容易。時間軸線拉得夠長的話，每個人的存活率會降到零。

鮑伯愛我，他以為我的睪丸也被切除了。

我們周遭是英國國教三一會的地下室，擺了廉價商店買來的花布沙發，坐了有大約二十個男人以及僅有的一個女人，所有人都成對搭在一起，大部分的人都在哭泣。有幾對身體前傾，耳貼耳，頭碰頭，摔角選手那樣地站著，卡死。配到唯一那個女人的男人把他的手肘搭在她肩膀上，她的頭兩邊各是一個手肘，她的頭撐在他的兩手之間，他的臉靠著她的脖子哭泣。那個女人的臉扭向另一邊，手上叼著一支菸。

我從大鮑的胳肢窩底下偷看。

「我的一生，」鮑伯哭著說，「我做的任何事情，我都不知道為的是什麼。」

這個唯一的女人，在這個叫做「雄風不減大團結」的睪丸癌患者互助團體裡唯一的一個，這個女人在陌生人的負擔下抽她的菸，她的目光與我的交會。

假貨。

假貨。

假貨。

短短的黯淡無光的黑髮，大大的像日本動畫的眼睛，脫脂奶粉般單薄的身子，酪乳般黃懨懨的臉色，洋裝是壁紙般的深色玫瑰，這個女人也出現在我的週五晚的肺結核互助團體。她也出現在週三晚我的黑素瘤圓桌座談會。週一晚她也在我的「信仰堅定」白血病激勵團體。她頭髮中間垂下的東西是塊扭曲的慘白頭皮屑。

當你找這些互助團體的時候，你會注意到他們的名字或多或少都很振奮人心。我的週四晚血管寄生蟲團體，叫做「輕鬆又乾淨」。

我去的那個腦部寄生蟲互助團體叫做「遠走高飛」。

接著星期天下午的「雄風不減大團結」，在英國國教三一會地下室，這個女人又出現了。

更糟的是，有她在看，我哭不出來。

這原本應該是我最鍾愛的一段，大鮑抱著我跟著他一起了無希望地哭。我們總是那麼辛苦地工作。這是唯一一處我可以放鬆和放棄的地方。

這是我的假期。

兩年前我第一次參加互助團體，從我因為失眠而再度求醫後開始的。

三個星期了，我睡不著。三個星期沒有睡眠，什麼事都變得像是經歷一場靈魂出竅似的。我的醫生說，「失眠只不過是某個大問題的徵兆罷了。找出到底是什麼出了問題。你得傾聽你的身體，它想跟你說什麼。」

我只是想要睡覺。我想要藍色的安米妥鈉膠囊❶，兩百毫克大小的。我想要紅藍相間的推拉子彈膠囊，口紅般鮮紅的速可眠鈉❷。

我的醫生叫我去嚼拔地麻根❸，要我多做運動。到最後，我就會睡著。

我的臉那種爛水果壞掉的模樣，你看了大概會以為我已經死了。

我的醫生說，如果我想要見識真正的痛苦，我應該在週二晚去第一聖餐會晃晃。見識見識腦部寄生蟲。見識見識骨質退化疾病。有機大腦功能衰竭。見識見識癌症病人怎麼撐下去。

於是我去了。

我走進第一個團體的時候正巧碰上團員自我介紹：這位是愛莉絲，這位是布蘭達，這位是多佛。每個人都微微地笑著，後腦袋被一管看不見的槍桿子抵著。

我從來不在互助團體裡透露真姓名。

那個骨瘦如柴叫做克羅伊的小女人，她身上的褲子悲傷而空虛地懸掛在座位上，克羅伊跟我說腦部寄生蟲最糟糕的是沒人願意跟她發生性關係。你看她，就要死了，連她的人壽保險都已經付了七萬五千美金把她這個人給結了案，而克羅伊想要的只是再爽一次，最後一次。不是親密關係，她要的是性。

身為男人該回答什麼？你還有什麼好回答的呢？懂我的意思吧。

這一切的你死我活都從克羅伊感到有點疲憊開始，現在克羅伊已經無聊到連進醫院看診都懶得去。色情影片，她在家裡收藏色情影片。

法國革命的期間，克羅伊跟我說，監獄裡的女人，那些女公爵、女子爵、女侯爵、女×爵，只要有男人爬上來，她們誰都幹。克羅伊頂著我的脖子呼吸吐氣。爬上來。馬兒快跑，你以為我不知道。要幹已經沒有機會。

欲仙欲死❹，法國人是這麼叫的。

克羅伊收藏色情影片，如果我感興趣的話。硝酸戊酯❺。潤滑劑。

在一般的狀況下，我早槓了起來。我們這位克羅伊，怎麼說呢，卻是一具泡在黃蠟裡的骷髏頭。

有克羅伊那副樣子在附近，我跟她比起來什麼都不是。連什麼都不是還不是。不過，我們繞圈圈排排坐在粗毛地毯上的時候，克羅伊的肩膀還是戳到了我的肩膀。我們閉上眼睛。這次換做克羅伊帶領大家進行引導式的冥想，她用說話帶大家進入寧靜的花園。克羅伊用說話帶大家爬上山丘來到門開七扇的寶殿。寶殿裡有七扇門，綠色的門、黃色的門、橙色的門，克羅伊用說話帶大家打開每一扇門，藍色的門、紅色的門、白色的門，然後找到裡面的東西。

眼睛閉著，我們想像我們的痛苦像是一球白色的療傷之光漂浮在我們腳邊，然後升到我們膝蓋，我們胸膛。我們的七個能量中心都打開了。心輪。頂輪。克羅伊用話語帶大家走入洞穴，在那裡見到了我們自己的威力動物。我的是隻企鵝。

冰雪覆蓋在洞穴內部的地面上，那隻企鵝說，滑呀。不費半點力氣，我們滑過隧道和穿堂。

接著是擁抱時間。

打開你的眼睛。

這是深具療效的身體接觸，克羅伊說。我們應該選個夥伴。克羅伊投身環抱我然後哭了起來。她在家穿無肩帶內衣，然後哭了起來。克羅伊家裡有精油和手銬，然後哭了起來，我看著手錶上的秒針走了十一圈。

因此我在第一次互助團體中並沒有哭，那是兩年前。我在第二次或第三次互助團體裡也沒有哭。管他血管寄生蟲或是大腸癌或是失心瘋，我都沒有哭。

有失眠的毛病就會這樣。一切都如此遙不可及，都是複本的複本再複本。一切都在失眠的距離之外，你碰不到任何事情，沒有一件事情能碰到你。

接下來是鮑伯出場。我第一次參加睪丸癌聚會的時候，鮑伯這頭大麋鹿，這塊大乳酪麵包在「雄風不滅大團結」會上往我身上直撲，然後開始哭了起來。到了擁抱時間，這頭大麋鹿直挺挺地站在房間的另一側，中指乖乖貼褲縫，肩膀圓聳聳的。他大大的麋鹿臉頰低垂胸膛，他的眼睛早已包裹在淚水的保鮮膜裡面。鮑伯的兩腿膝蓋緊靠，踩著看不見的步伐，一滑過地下室的地板，把他自己往我身上堆了起來。

鮑伯一鍋蓋地癱了下來。

鮑伯的大手臂把我團團圍住。

大鮑以前是個酒鬼，他說的。後來成天吃沙拉配大力補❻，接著是賽馬吃的類固醇，那牌子叫做威士脫。他有自己的健身房，大鮑開過健身房。他結過三次婚。他當過產品代言人，可我在電視上看過他嗎？有嗎？每個如何練出大胸膛的自學節目幾乎都是他的發明。

像這樣坦誠的陌生人總會讓我想要流下一滴超大號滑溜溜的淚，如果你知道我的意思的話。

鮑伯就不知道。也許從頭到尾他只有一粒珠珠是曾經掉進袋袋裡的，他也知道這是他要擔的風險。鮑伯跟我說過手術後所經歷的荷爾蒙治療。

很多練健身的在灌了太多雄激素後，就會給自己搞出一對東東，他們稱之為母狗奶子。

我得問鮑伯珠珠是什麼意思。

珠珠，鮑伯說。雞巴。卵巴。寶貝。睪丸。種。在墨西哥，買類固醇的地方，大家都把那裡叫做「蛋蛋」。

離婚、離婚、離婚，鮑伯口中叨念著，掏出錢包給我看插在裡頭他的照片，第一眼看上去，他赤條條的大塊頭正在某個比賽上擺姿勢。這樣過日子很愚蠢，鮑伯說，可是當你養大了肌肉刮了毛地站在台上，體脂肪完全削減到差不多只有兩個百分比，而利尿劑又讓你全身摸起來像水泥一樣又冰又硬的時候，你是看不見聚光燈的，你是聽不到音響系統的反饋噪音的，只有評審的命令傳來：「伸展右方方頭肌，用力，保持這個姿勢。」

「伸展左手臂，二頭肌用力，保持這個姿勢。」

這比真實人生還要好。

現在快轉，鮑伯說，我們來講這個癌症。那時候他破產了。他有兩個小孩都長大了，兩個都不回他的電話。

治療母狗奶子，醫生會在胸肌下面開刀，排出裡頭的液體。

我所記得的就是這些了，因為那時候鮑伯正用雙臂把我緊緊抱住，他的頭往下一彎蓋住了我。那時候我迷失在遺忘之中，黑暗寂靜，忘得徹徹底底，而當我最後終於走出他柔軟的胸膛的時候，鮑伯的襯衫上頭有一塊看起來像是我哭過的浸濕痕跡。

那是兩年前了，我參加的第一次「雄風不滅大團結」晚間聚會。

從那之後，幾乎每次聚會大鮑都能讓我哭。

我從此再也沒回去找過那個醫生。我再也沒有嚼過拔地麻根。

這就是自由。自由就是失去所有希望。如果我什麼都沒說，聚會上的人會預設最糟的狀況。他們哭得更用力。我更用力地哭。仰望天上的星星，然後你便升天了。

互助團體結束後走路回家，我感到一股前所未有的生氣。我的身上沒有癌症或是血管寄生蟲；我是全世界的生命圍繞簇擁的小小溫暖中心。

我睡著了。小嬰孩也沒我睡得甜。

每個晚上，我死去，每個晚上，我出生。

死而復生。

直到今晚，兩年的成功直到今晚，因為這個女人在看我哭不出來。因為我探不到底，所以我沒辦法獲救。我咬遍了我的口腔內層，我的舌頭都以為它自己是塞了毛絮的壁紙了。我已經四天沒睡了。

有她看著，我便是在撒謊。她是假貨。她說謊。今晚的自我介紹時間，我們自我介紹：我叫鮑伯，我叫保羅，我叫做泰瑞，我叫做大衛。

我從來不用真名。

「這場是癌症，對吧？」她說。

然後她說，「嗯，嗨，我叫瑪拉．辛格。」

根本沒人告訴瑪拉這是哪種癌。然後我們便忙著呵護自己的幼小心靈。

那個男人還在她的脖子上哭泣，瑪拉抽了另一口菸。

我從鮑伯顫抖的奶頭夾縫中間看著她。

對瑪拉來說，我是假貨。打從我看到她的第二個晚上起，我就睡不著覺。再怎麼說，我這假貨都排得上第一個，除非，也許這些人都在假裝他們有潰瘍有咳嗽有腫瘤，甚至連大鮑那頭大麋鹿都是假貨。那塊巨大的乳酪麵包。

你看看他那頭雕過的頭髮。

現在瑪拉抽了口菸，眼睛溜溜轉。

在這個時刻，瑪拉的謊言反映了我的謊言，我眼裡所見的都是謊言。在他們的實話中間。每個人依靠在彼此身上，冒著險分享他們最慘烈的恐懼，分享他們即將迎頭撞上的死亡以及那管抵在他們喉嚨深處的槍。嗯，瑪拉正抽著菸，眼睛溜溜轉，而我，我正埋在一塊啜泣的地毯下，就這麼突然，連死亡與等死都變得跟錄影帶畫面裡的塑膠花一樣，全都索然無味了起來。

「鮑伯，」我說，「你快把我壓扁了。」我試著說悄悄話，結果卻相反。「鮑伯。」我試著把聲音壓低，結果卻是用吼的。「鮑伯，我得去上廁所。」

浴室的浴缸上面掛了面鏡子。如果模式不變的話，我會在「遠走高飛」，那個腦部寄生蟲病變互助團體裡看到瑪拉．辛格。瑪拉．辛格會在那裡出現。當然，瑪拉會在那，而我會坐在她旁邊。等到自我介紹與導引式冥想、宮殿的七扇門、白色的療傷光球結束後，等到我們打開我們的能量中心之後，輪到彼此抱抱的時候，我會抓住這個小賤貨。她的手臂緊緊壓擠在身體兩側，我的嘴唇貼在她的耳朵上，我會說，瑪拉，妳這個大假貨，妳給我滾。

這是我生命中唯一真實的一件事，而妳把它給搞砸了。

妳這個超級觀光客。

下次我們碰面的時候，我會說，瑪拉，有妳在這裡，我沒辦法睡覺。我需要睡覺。妳給我滾。

---

❶ 安米妥鈉膠囊（Amytal Sodium）：即青發。

❷ 速可眠鈉（Seconals）：即紅中。

❸ 拔地麻根（valerian root）：纈草屬植物；從其根莖採製鎮定劑。

❹ 原文為法文La petite mort，直譯為「小小的死」，是法國人對每次發生性交的說法。

❺ 硝酸戊酯（Amyl nitrate）：一種心絞痛用劑，又名Rush，做愛助興嗅劑。

❻ 大力補（Dianabol）：一種雄激素。

3

你在國際機場醒來。

每次起飛與降落，每次飛機往側邊傾斜得太過，我都祈禱發生墜機事件。每當我們可能會無助地死去，人肉菸草塞滿整條機身的時候，嗜睡症便會登時上身，我的失眠便會無藥自癒。

我就這樣認識了泰勒．德爾登。

你在歐海爾機場醒來。

你在拉瓜地亞機場醒來。

你在羅根機場醒來。

泰勒兼差做電影放映師。因為本性的關係，泰勒只能晚上工作。只要有放映師請病假，公會便會打電話叫泰勒。

有些人屬於晚上。有些人屬於白天。我只能做白天的工作。

你在達勒斯機場醒來。

要是你出公差死掉的話，人壽保險理賠的金額會增加三倍。我祈禱鵜鶘被吸入渦輪引擎、機上鉚釘脫落、機翼結冰。起飛的時候，當飛機衝下跑道，起降翼往上翹的時候，當我們豎直椅背，餐桌收起，所有的個人手提行李放在頭上的行李櫃中的時候，當跑道盡頭迎面向我們而來，冒煙的東西都熄滅的時候，我祈禱發生墜機事件。

你在愛田機場醒來。

如果戲院太舊，泰勒會在放映間做換片動作。換片的時候，放映間裡有兩台放映機，一台正放著片。

我都知道因為泰勒知道。

第二台放映機裝了下一捲映片。大多數的電影都是六到七捲的小捲映片，依照特定的次序放映。比較新的戲院，他們把所有的映片接成一捲五英尺長的影片。如此，你就不需要在兩台放映機上來回做換片動作，前後切換，第一捲，切換，另一台放映機第二捲上機，切換，第一台放映機第三捲上機。

切換。

你在西塔克機場醒來。

我研究航空公司上膠膜的機艙座位表上的人物。一個女人在海上漂浮，她的棕髮散落身後，她的座位裡襯套在胸前。眼睛睜得斗大，但那個女人既不微笑也沒皺眉。另一個畫面裡，人們像印度神牛一樣鎮靜，從座位上伸手拿取頭頂面板跳出的氧氣面罩。

這一定是個緊急狀況。

喔。

我們失去了艙壓。

喔。

你醒來，你身處威羅朗機場。

舊戲院，新戲院，為了把電影送到下一間戲院，泰勒必須把電影拆解成原本的六到七捲映片。小捲的映片裝進兩只六角形的不鏽鋼手提箱。每個手提箱上頭有隻把手。提起一只箱子，你的肩膀便會脫臼。它們就有那麼重。

泰勒是個宴會服務生，在一家飯店的餐廳服務，在市中心，泰勒還是個放映師，加入放映師公會。我不知道在我睡不著覺的晚上，泰勒到底這樣工作了多久。

那些用兩台放映機放片的舊戲院，放映師必須站在那裡分秒不差地切換放映機，這樣觀眾才不會看到一捲映片結束與一捲映片開始之間的空白。你注意看銀幕右上角的白點。這就是提示。注意看電影，你就會看見一捲映片結束時的兩個點。

「菸屁股，」業界都是這麼叫的。

第一個白點，這是兩分鐘提示。你啟動第二台放映機，以便達到放映速度。

第二個白點是五秒鐘提示。刺激。你站在兩台放映機中間，因為氙燈泡的關係，放映間熱得讓人汗流浹背，直視那些燈泡會讓你瞎了眼睛。第一個白點在銀幕閃現。放映師的隔間是隔音的，因為隔間裡架著捲片齒輪把影片以每秒六呎、一呎十格的速度咬過鏡頭前面，每秒六十格咬過去，喀擦喀擦的打槍。兩台放映機正跑著，你站在中間，手中握著每一台的快門拉桿。在老舊到家的放映機上，送片捲軸中心還可以找到一顆鬧鐘。

即便等到電影換在電視上播出，提示的白點還是看得見。即便你看的是機艙電影。

當大部分的電影捲入取片軸的時候，取片軸轉速變慢，送片軸就必須跑得快些。在一捲影片的末端，送片軸會跑得快到警鈴聲開始大作，警告你即將需要換片。

放映機內部的燈泡讓一片黑暗燠熱難耐，還有警鈴在響。站在兩台放映機中間，一手握著一根拉桿，盯著銀幕一角看。第二個白點閃現。數到五。切換第一個快門，關閉。同時，打開另一個快門。

換片。

電影繼續上映。

沒有半個觀眾知道這怎麼一回事。

警鈴位在送片捲軸上，方便電影放映師把它關掉。電影放映師幹很多不是分內的活。不是每個放映師都有警鈴的。在家裡，有時候你會從黑暗中驚醒，以為自己在放映間睡著了，錯過了換片。觀眾會痛罵你。觀眾他們的電影夢被你毀了，戲院主管接著會打電話向公會申訴。

你在克里希田機場醒來。

旅行的魅力在於不管到哪裡，生活都一樣輕巧。抵達飯店，肥皂小小的，洗髮精小小的，奶油只夠吃一口，漱口水小小的，牙膏只夠用一次。把自己折進標準機艙座位。你是個巨人。問題是你肩膀太寬了。你那愛麗絲夢遊仙境的腿突然變得好幾哩長，長到碰到了前座乘客的腳。晚餐時間到了，縮小版的名廚自助雞肉餐收藏組，可說是一種讓你有的忙的組合遊戲。

駕駛員已經打開安全帶指示燈，我們請你盡量不要在機艙內走動。

你在梅格田機場醒來。

有時候泰勒在黑暗中醒來，嚇得坐立不安，擔心他錯過了一次換片，或者影片停了格，或者跳格過多，捲片齒輪正在音軌上打著一排排的洞。

電影透過捲片齒輪放完了之後，燈泡的亮光透過音軌，震耳欲聾的不是電影對白，而是每道光束通過捲片齒輪的齒孔所發出的直升機螺旋槳的聲音，霍霍霍。

放映師不該做的事情還有：泰勒把一部電影裡頭最棒的單格影片做成幻燈片。大家想得起來的第一部正面全裸電影，裡面那個沒穿衣服的女演員叫做安姬．迪克森。

等到這部電影的映片從西岸的戲院運到東岸的戲院的時候，裸露的戲便不見了。某個放映師偷了一格。另一個放映師再偷一格。每個人都想要弄張安姬．迪克森的裸體幻燈片。戲院會放映色情片，而這些放映師，他們有些人的收藏宛如史詩般浩大。

你在波音田機場醒來。

你在洛杉磯國際機場醒來。

今晚，飛機幾乎是空的，因此盡情地把扶手把折進座椅，伸展一下。你伸展了一下，曲曲折折地，彎著膝蓋，彎著腰，彎著手肘橫躺在三或四個座位上。我把我的手錶調快兩小時或者調慢三小時，太平洋、山區、中央，或者是東部標準時間；少了一小時，多了一小時。

這就是你的生活，一分鐘結束一次。

你在克里夫蘭霍普金斯機場醒來。

你，又一次，在西塔克機場醒來。

你是個放映師，而且你既累又氣，不過通常你無聊得很，所以你開始偷拿一些你在放映間翻到別的放映師收藏的單格色情片，然後你把這格向前衝刺的紅色陰莖或是打著哈欠的濕潤陰道特寫黏貼成另一部劇情片。

就是那種寵物歷險記啦，一家子去旅行，忘了把貓狗帶回家，貓狗自個兒必須找到回家的路。到了第三捲，就在會說人話且彼此對話的貓狗翻出垃圾桶找東西吃的時候，閃過一根勃起的陰莖。

泰勒就幹這檔事。

電影裡的單格出現在銀幕的時間是六十分之一秒❶。把一秒鐘平均分成六十段。那個勃起持續的時間就有這麼久。擎天舉起，占滿了四層樓高的爆米花視聽劇院，紅紅的，滑滑的，好可怕，可就是沒半個人看見。

你，又一次，在羅根機場醒來。

這樣子旅行很可怕。我去參加我老闆不想去的會議。我做筆記。我會再跟你報告。

不管我去哪，我都會套用這條公式。我會緊緊保守住這個祕密。

不過是簡單算術。

不過是故事問題。

如果我公司製造的新車從芝加哥以每小時六十英里的速度向西駛去，接著後方差動齒輪卡死，接著汽車撞車燒死困在裡面的所有乘客，我的公司會收回改正這批車子嗎？

你把該地區的汽車數量（A）乘以可能的故障率（B），然後再乘以達成庭外和解的平均費用（C）。

A乘以B乘以C等於X。如果不採取收回改正動作，這就是將會產生的花費。

如果X大於回收費用，我們便會收回改正車子，沒有人會受到傷害。

如果X小於回收費用，我們就不會收回改正。

我去過的每個地方都有一堆燃燒殆盡的汽車殘骸在等著我。我知道那些死人骨頭都堆在哪。這就算是我的職業保障之一吧。

飯店的時間，餐廳的食物。每到一個地方，我便和坐在我身邊的人建立小小的友誼，從羅根到克里希田到威羅朗。

我是收回改正計畫協調員，我跟坐在我身邊、只供單次使用的朋友說，不過我正努力朝著洗餐盤的生涯規畫邁進。

你，又一次，在歐海爾機場醒來。

泰勒後來就在每部影片上頭接上一根陰莖。通常，局部特寫鏡頭或是大峽谷般有回音的陰道會在大家盯著灰姑娘與白馬王子跳舞的時候出現，四層樓高並隨著血壓而扭動。沒人抱怨過。人們吃吃喝喝，但那晚跟別晚不一樣。人們感到噁心或是開始哭泣，就是不知道為什麼。只有蜂鳥可以抓到泰勒在幹嘛。

你在甘廼迪機場醒來。

我在降落的時候整個人都融化了又腫了，飛機一個輪子沉沉地打在跑道上，但是機身往另一側傾斜定住，等著決定要回正過來還是翻過去。在這一刻，什麼都不重要。朝頭上的星星望去，你就要不見了。你的行李不重要。什麼都不重要。你臭翻天的口氣不重要。窗戶外面一片黑，渦輪引擎朝後吼著。機艙在渦輪的吼叫聲中懸置在錯誤的角度上，你以後再也不需要填寫差旅費請款單。超過美金二十五元的項目需要有收據憑證。你以後再也不需要剪頭髮。

一聲重擊，第二個輪胎打上柏油路面。一百個安全帶扣環鬆開的聲音此起彼落，那個差點死在你身邊的單次使用朋友說：

祝你轉機趕得上。

是呀，我也祝福你。

你那一刻只持續了這麼久。生活還是要過。

不知怎麼的，偶然吧，泰勒和我認識了。

該放個假了。

你在洛杉磯國際機場醒來。

又一次。

怎麼認識泰勒，那是我去一處天體海灘所發生的事。那是夏天就要結束的時候，我睡著了。泰勒光著身子流著汗，黏著一粒粒沙子，他的頭髮一束束濕濕的，懸在臉上。

泰勒在我們認識前已經在附近晃了很長一段時間。

泰勒把浮木從浪裡拖出來，拉上海灘。在潮濕的沙灘上，他已經插了半圈的木頭，間隔幾英寸，有他的眼睛那麼高。已經有四根木頭插著，等到我醒來的時候，我看見泰勒把第五根拉上海灘。泰勒在木頭一端的下方挖了一個洞，然後抬起另一端直到木頭滑進洞裡，微微傾斜地站著。

你在海灘上醒來。

海灘上只有我們。

靠著一根棒子，泰勒在幾英尺遠的地方畫了一條直線。泰勒回頭把木頭豎直，踏實底部的沙子。

我是唯一目睹這一切的人。

泰勒遠遠地喊著，「你知道現在幾點了嗎？」

我總是戴著手錶。

「你知道現在幾點了嗎？」

我問，你指那裡？

「這裡，」泰勒說。「這裡。」

現在是下午四點零六分。

過了一會，泰勒疊腳坐在豎直木頭的陰影下。泰勒坐了幾分鐘，站起來然後游了個泳，套上一件T恤和一條運動褲，然後動身離開。我得開口問。

我得知道我睡覺的時候泰勒在幹什麼。

如果我能夠在不同的地點和不同的時間中醒來，我可以醒來成為一個不同的人嗎？

我問泰勒他是不是藝術家。

泰勒聳了聳肩，帶我看了看那五根聳立的木頭，指出它們的底部比較寬。泰勒帶我去看他在沙中畫的直線，告訴我他如何使用這條線來測量每根木頭投下的陰影。

有時候，你醒來，你不知道身在何處，你得問。

泰勒創造出來的作品是一隻大手的陰影。只不過現在那些手指都已經有吸血鬼那樣子長了，而拇指則太短，但他說在四點三十分的時候那隻手會很完美。巨大的陰影手僅僅完美了一分鐘，在這完美的一分鐘裡，泰勒坐在他自己創造的完美的掌握裡。

你醒來，你哪裡都不在。

一分鐘就夠了，泰勒說，我們要很努力，但一分鐘的完美很值得。對於完美，片刻就是你所能期盼的全部。

你醒來，這就夠了。

他的名字叫做泰勒・德爾登，他是個有參加公會的電影放映師，他還是某家飯店的宴會服務生，在市中心，他還給了我他的電話號碼。

我們就這樣子認識了。

❶ 這是小說家自己的說法，一般放映的影片其實是每秒鐘閃過二十四格底片。

4

今晚，通常會出席的腦部寄生蟲病變患者全員到齊。「遠走高飛」的出席率總是很高。這位是彼得。這位是雅爾多。這位是瑪西。

嗨。

自我介紹，各位，這位是瑪拉．辛格，這是她第一次跟我們在一起。

嗨，瑪拉。

在「遠走高飛」，我們首先來段「複習」。這個團體並不叫做寄生蟲類的腦部寄生蟲。你絕對不會聽到有人說「寄生蟲」這三個字。大家總是越來越健康。喔，有這種新的藥物。大家總是柳暗花明又一村。不過，不管轉到哪裡，還是會瞄到頭痛了五天的歪斜眼神。有個女人擦著拴不住的眼淚。大家都會有張名牌，那些持續一年你每個星期二晚上都會碰到的人，他們向你走來，準備好要跟你握手，但他們的眼睛還是得盯著名牌看。

我不相信我們見過面。

沒有人會提到寄生蟲。他們會說，作用者。

他們不說治療。他們會說，處理。

在「複習」裡頭，會有人說那個作用者如何已經擴散到他的脊椎，現在他會突然失去控制左手的能力。那個作用者，有人會說，已經讓他的大腦紋路乾涸，因此他的腦部現在漸漸從頭骨內側剝離，使得病情突然發作。

上一次我去參加的時候，叫做克羅伊的女人宣告了她僅有的一則好消息。克羅伊撐著她座椅的木製把手，把自己往前推地站了起來，說她再也不怕死亡了。

今晚，在自我介紹時間和「複習」結束之後，一個我不認識的女孩子，身上的名牌寫著格蓮達，她說她是克羅伊的姊姊，說在上個星期二清晨兩點的時候，克羅伊終於死了。

喔，這該有多甜蜜啊。有兩年之久，到了擁抱時間，都是克羅伊在我的臂彎裡哭，現在她死了，死在地上，死在罈裡、陵墓裡、地下骨灰堂裡。喔，證明了這一天你還在思考鑽營，隔一天，你就會是一堆冰冷的肥料、蟲蟲的大餐。這就是死亡驚人的奇蹟，而這該有多甜蜜啊，要不是殺出了那個，喔，那個人。

瑪拉。

喔，瑪拉又在看我了，在所有腦部寄生蟲中單單挑上我。

騙子。

假貨。

瑪拉是個假貨。你是個假貨。周圍的每個人，當他們皺著眉頭或是全身顫抖接著趴地狗吠接著他們的牛仔褲胯下變成深藍色的時候，嗯，全都只是在唱大戲罷了。

導引式的冥想突然沒辦法帶我神遊，今晚。在七座宮殿大門之後，綠色門、橘色門，都是瑪拉。藍色門，瑪拉站在那。騙子。在帶領我穿越威力動物巢穴的導引式冥想中。我的威力動物是瑪拉。嘴上抽著菸，瑪拉的眼睛溜溜轉。騙子。黑色的頭髮和枕頭般的法國嘴唇。假貨。義大利深色皮沙發般的嘴唇。你躲不掉的。

克羅伊才是貨真價實的東西。

只要你能讓這把叫做克羅伊的骨頭眉目含笑地在派對上走來走去並對每個人超級特別好，她那樣子看起來就像是不食人間煙火的民謠歌手瓊妮·米雪兒，一身骨瘦如柴。想像克羅伊那身受人歡迎的骨頭只有昆蟲般大小，清晨兩點在她五臟六腑的地窖和長廊裡四處亂竄。她的脈搏是頭上的警鈴大作，公告著：準備受死，倒數十、九、八秒鐘。死亡會在七分鐘內開始、六……

晚上，克羅伊繞著她自己的崩解血管四處跑，她的管線爆裂出滾燙的淋巴液。神經浮出表面，成為身體組織內的引爆線。組織內脹起的膿瘡環繞著她，宛如燙手的白珍珠。

頭頂的公告，準備撤退腸胃，十、九、八、七。

準備撤退靈魂，十、九、八。

克羅伊嘩啦嘩啦地穿過功能衰竭的腎臟所排出的及膝腎水。

死亡會在五秒鐘內開始。

五、四。

四。

在她身邊，寄生物種在她的心臟噴漆作畫。

四、三。

三、二。

克羅伊高舉雙手地爬過她自己喉嚨裡凝固的肌理。

死亡將在三秒鐘內開始，兩秒鐘。

月光透過張開的嘴巴照了進來。

準備吸最後一口氣，現在。

撤退。

現在。

靈魂撤離身體。

現在。

死亡開始。

現在。

喔，這該有多麼甜蜜啊，記憶中克羅伊溫暖的一團仍然在我的手臂中，而克羅伊在某個地方死了。

並沒有，我正被瑪拉盯著看呢。

在導引式冥想的過程中，我打開雙臂接納我的內在小孩，而這個小孩是瑪拉吸著她的菸。沒有白色的療傷光球。騙子。沒有能量中心。想像你的能量中心如繁花盛開，每朵花的中心是一股慢動作炸開的甜蜜光芒。

騙子。

我的能量中心始終緊閉。

當冥想結束的時候，大家都在伸展扭動他們的頭，把彼此拉往腳邊預做準備。治療性的身體接觸。擁抱時間，我跨了三步走到對面，站在瑪拉的面前，在我看著其他人等開始訊號的時候，她抬頭看著我的臉。

到此結束，開始訊號來了，擁抱我們身邊的人。

我的手臂緊緊夾住瑪拉。

今晚，挑個對你意義特殊的人。

瑪拉的香菸手釘在她的腰上。

告訴這個特別的人你的感受。

瑪拉沒有睪丸癌。瑪拉沒有肺結核。她沒有快要死了。好吧，按照大腦發達的頭好壯壯哲學的說法，我們大家都快要死了，可是瑪拉不是像克羅伊要死了的那種要死法。

開始的提示來了，分享你自己。

那，瑪拉，你喜不喜歡那個蘋果啊？

完完全全分享你自己。

那，瑪拉，給我滾出去。滾出去。滾出去。

盡情發洩，想哭就哭。

瑪拉瞪著我看。她的眼睛是棕色的。她的耳垂在耳洞周遭是腫的，沒有耳環。她龜裂的嘴唇霜一樣地覆蓋著死皮。

盡情哭泣。

「你也沒有要死了，」瑪拉說。

在我們四周，一對對的人兒站著啜泣，撐住彼此。

「你告我的狀，」瑪拉說，「我就告你的狀。」

那我們可以隔開，我說。瑪拉可以保有骨質病變、腦部寄生蟲，以及肺結核。我可以保留睪丸癌、血液寄生蟲，以及生理性腦部精神錯亂。

瑪拉說，「那腸道上升癌呢？」

這女孩子在家有做過功課。

我們平分腸道癌。每個月第一個和第三個星期天是她的。

「不行，」瑪拉說。不行，她要全部。癌症、寄生蟲。瑪拉的眼睛瞇得小小的。她從沒想到自己可以有這麼棒的感覺。事實上她覺得活蹦亂跳。她的皮膚清亮了起來。終其一生，她從沒見過死人。她對生命沒有什麼真實感受，因為沒有東西可以拿來對比。喔，可是現在有死去有死亡有損失有悲傷。哭泣和顫抖，恐懼和悔恨。現在她知道我們都要往哪裡去，瑪拉時時刻刻都能感受到她自己的生命。

不行，她不要離開任何一個互助團體。

「不，我不要回到從前所感受的那種生命，」瑪拉說。「以前為了讓自己好過些，我在葬儀社工作，就為了感受我在呼吸的事實。要是我現在找不到工作怎麼辦？」

就回妳的葬儀社啊，我說。

「比起這個，喪禮根本不算什麼，」瑪拉說。「喪禮全都是抽象的儀式。在這裡，你真實地感受到死亡。」

圍在我們兩個身邊的一對對人兒正在擦眼淚，擤鼻涕，互拍對方的後背，放手一切。

我們兩個不能同時來，我跟她講。

「那就不要來。」

我需要這裡。

「那去喪禮吧。」

其他每個人都分了開來，手牽手準備做收尾的祈禱。我放手讓瑪拉走。

「你來這裡多久了？」

收尾的祈禱。

兩年。

在祈禱圈裡，有個男人牽起我的手。有個男人牽起了瑪拉的手。

祈禱開始，通常我的呼吸會完全暢通。喔，祝福我們。喔，在我們的憤怒與恐懼之中，祝福我們。

「兩年了？」瑪拉側過她的頭來說悄悄話。

喔，祝福我們扶持我們。

在這兩年中任何可能會注意到我的人要不是已經死去便是已經康復了從此不再回來。

幫助我們幫助我們。

「好吧，」瑪拉說，「好吧，好吧，你可以保有睪丸癌。」

大鮑那塊巨無霸乳酪麵包在我身上大哭特哭。謝謝啦。

帶領我們面對命運。帶給我們平安。

「不客氣。」

就這樣子，我認識了瑪拉。

5

那個幹警衛的跟我解釋得一清二楚。

行李處理人員可能會忽略一只滴答響的手提箱。那個幹警衛的，他把行李處理人員叫做「丟東西的」。現代的炸彈不會滴答響。不過遇到會震動的手提箱，行李處理人員，那些丟東西的，就必須通知警察。

我之所以變得跟泰勒住在一起，都是因為航空公司有這條關於震動行李的政策規定。

從達勒斯飛回去的那班飛機，我所有的家當都在一件袋子裡。當你旅行多了之後，你學會每趟旅行都打包同樣的東西。六件白襯衫。兩條黑長褲。生存所需要的最低限度。

旅行用鬧鐘。

免插電電動刮鬍刀。

牙刷。

六件內衣。

六雙黑襪子。

到頭來，根據那個幹警衛的說法，原來從達勒斯回程的時候，我的手提箱在震動，所以警方把它從飛機上撤下來。所有的家當都在那個袋子裡。我的隱形眼鏡之類的。一條藍條紋的紅色領帶。一條紅條紋的藍色領帶。這些都是軍服式的條紋，而不是那種俱樂部的領帶條紋。還有一條全紅的領帶。

這些東西全寫成一份清單，以前都掛在我家浴室的大門後面。

家，那是一棟高樓第十五層的公寓套房，可說是一種檔案櫃，專門收納寡婦和年輕專業人士。宣傳小冊子承諾會有一英尺厚的水泥地板、屋頂，以及牆壁，隔離任何鄰近的立體音響或是音量太大的電視。一英尺厚的水泥和空調，你沒辦法打開窗戶，因此即便有楓木地板和柔和的燈光，所有一千七百英尺的密閉空間，聞起來會像是你上一次煮的飯或是你最後一次登門造訪的浴室。

是呀，我們還有全套的專業廚師料理面板，以及低電壓的軌道燈呢。

不論如何，一英尺的水泥還是很重要，尤其是當你的隔壁鄰居放任助聽器的電池沒電、又得音量全開地看她的電視競賽節目時。或是這個時候：一陣火山爆發似的燃燒瓦斯連同曾經是你的起居室陳設和個人物品所構成的殘骸一起從你的大片落地窗爆破出去，襲捲一切的火舌直往下衝，只留下你的套房，只有你的，成為該棟建築物崖邊的一處烏七摸黑的凹陷水泥坑洞。

這類事會發生。

一切的一切，包括你買的那組手工吹玻璃的餐盤，上頭有細微的氣泡和瑕疵，一丁點的砂粒，證明這可是不知道哪來的真誠純樸勤勞的原住民同胞所親手製造的，嗯，這些餐盤都在爆炸中給轟了出去。想像一下，從地板直到屋頂的大片窗簾給轟了出去，火焰熊熊的在熱風中燒成碎片。

城市上空十五層樓，這東西燒著衝著碎著掉在大家的車頂上。

至於我呢，就在我朝向西方，以零點八三馬赫或每小時四百五十五英里貨真價實的空速睡去的時候，聯邦調查局的炸彈處理小組在達勒斯機場後方一處空曠跑道上，正忙著處理我的手提箱。十次裡面有九次，那個幹警衛的說，震動是由電動刮鬍刀所引起的。也就是我的免插電電動刮鬍刀。別種情況呢，則是因為電動陽具。

這些東東是那個幹警衛的告訴我的。這是在我到達目的地的時候，沒了手提箱，我正要叫計程車回家，到頭來卻發現我的法蘭絨床單碎成碎片散落一地。

想像一下，那個幹警衛的說，要怎麼告訴一個抵達的乘客說有根電動陽具使得她的行李被扣在東岸。有時候甚至是個男的。航空公司的政策規定在事關電動陽具的狀況下，不可以暗示該物品屬於誰。要使用不確定說法。

有根電動陽具。

永遠不可以說是你的電動陽具。

永遠不可以，絕對不可說那根電動陽具不小心自己動了起來。

有根電動陽具自行啟動，造成緊急狀況，導致您的行李必須被撤離。

我在史坦伯頓等轉機醒來的時候天正下著雨。

我在回我們家最後一段路上醒來的時候天正下著雨。

有一段公告跟我們說請趁這個機會檢查一下座位四周是否有忘記未帶走的個人物品。

接著這段公告報出了我的名字。請我與等在機艙門的航空公司代表接洽。

我把手錶回調三小時，依舊是過了午夜。

機艙門站了位航空公司代表，還有那位幹警衛的開口說了，哈，你的電動刮鬍刀使你的托運行李滯留達勒斯。那個幹警衛的把行李處理員叫成「丟東西的」。然後他又把他們叫做「動手腳的」。為了證明情況可以更糟，那個人告訴我幸好那不是根電動陽具。然後，也許因為我是個男的，他也是個男的，而且現在是清晨一點鐘，也許是想逗我笑，那個人說圈內黑話把空中小姐叫做太空女伴遊。又稱空中床墊。那個人看起來身穿一身飛行員制服，白襯衫肩頭有小小的飾帶，打條藍領帶。我的行李已經通過檢查，他說，會在隔天抵達。

那個幹警衛的問我叫什麼名字，住在哪裡，電話幾號，然後他問我保險套和駕駛艙有什麼不同。

「保險套裡只能塞進一根屌，」他說。

我用僅剩的十塊美金大洋叫了計程車回家。

當地警察也問了我很多問題。

我那把不是炸彈的電動刮鬍刀仍然落後我三個時區。

有個炸彈類的東西，一顆大炸彈，把我那張精巧的Njurunda咖啡桌給炸碎了，它原本的形狀是一個綠色的陰與橘色的陽所組成的圓形。嗯，現在，它們變成了碎片。

我罩有橘色可替換沙發布的Haparanda沙發組，設計師叫做Erika Pekkari，現在，成了垃圾。

受制於人類築巢本能的人，可不只我一個。我認識的那些以前在浴室看色情刊物的人，現在他們都坐在浴室裡看IKEA的家具目錄。

我們都有同樣的Johanneshov扶手椅，花樣都是綠色的Strinne條紋圖案。我的那張從十五層樓落下，冒著火，掉進噴水池裡。

我們都有同樣的Rislampa/Har紙燈，由鐵線和環保的未經漂白紙料製成。我的那盞變成了煙花。

全是些置放在浴室裡的東西。

Alle刀具組還能用。不鏽鋼。洗碗機安然無恙。

鍍鋅不鏽鋼做成的Vild掛鐘，喔，我要保住這件。

Klipsk儲物組，喔，帥。

Hemlig置帽箱。帥。

這些東西全在我高樓外圍的街道上亮晶晶地散落一地。

Mommala百衲布。設計人是Tomas Harila，有下列幾種花色：

幽谷蘭。

豔桃紅。

寶藍鈷。

黑檀木。

黑玉石。

蛋殼黃或是石南綠。

買這些東西花了我一生。

我那張 Kalix 方便桌上面清洗容易的質感漆。

我的 Steg 交疊桌。

你買家具。你告訴你自己，這是我一生中所需要的最後一張沙發。買下這張沙發，然後在一、兩年內你將心滿意足，不管未來會出什麼事，至少你都解決了你的沙發問題。然後就是稱頭的餐具組。然後就是張完美的床。帷幕。地毯。

然後你被關在你心愛的巢穴裡，過去它們是你擁有的東西，現在它們擁有你。

直到我從機場回到家的那一刻。

門房從陰影中走出來說，發生了意外。警方，他們到了，問了很多問題。

警方認為可能是瓦斯的關係。可能瓦斯爐上的安全火焰沒點著，或者一具火頭忘了關，瓦斯漏了出來，然後瓦斯衝上了屋頂，然後從屋頂到地板，瓦斯充滿了套房裡的每一個房間。套房有一千七百平方英尺，挑高屋頂，一天又一天，瓦斯一定不停在漏，直到充滿每個房間。當所有的房間都滿到地板的時候，電冰箱底部的壓縮器跳了一下電。

點火引爆。

鋁框架的落地窗飛了出去，沙發燈具餐盤床單組全深陷火海，還有高中紀念冊、畢業證書和電話簿。所有的一切都從十五層樓轟了出去，好比一陣太陽風暴。

喔，別轟走我的電冰箱。我收集了好幾落各種口味的芥末醬，有些是石頭磨的，有些是英國小酒館的風味。我有十四種口味不同的無脂沙拉醬，還有七種煙燻續隨子芽。

我知道，我知道，一整間房子的調味料，就是沒有真正的食物。

門房擤了擤鼻子，有東西跑進他的手帕，好比投手金臂一揮正中捕手手套。

你可以上去十五樓，門房說，但沒有人可以進入那個單位。警方下的令。警方一直在問，我有沒有會想幹這種事的前任女友，或是我有沒有跟拿得到炸藥的人結過仇。

「不值得上去，」門房說。「全部只剩下水泥外殼而已。」

警方並不排除縱火。沒有人聞到瓦斯味。門房一邊的眉毛抬了抬。這個人整天只會調戲白天在頂層大單位工作的女傭和護士，然後坐在大廳椅子上等她們下班搭便車。我住在這裡三年了，這個門房依舊每天晚上坐著讀他的艾勒里·昆恩推理雜誌，不管兩手交換提著大包小包的我怎樣試著開門讓我自己進去。

門房一邊的眉毛抬了抬，說有些人就是會離開好一陣子，任由一根蠟燭，一根好長好長的蠟燭在一大灘的汽油裡燃燒。有財務困難的人會幹這種事。想要翻身的人。

我借了大廳的電話來用。

「有很多年輕人想唬全世界，結果買了太多東西，」門房說。

我打給泰勒。

泰勒在紙街租的房子電話響了。

喔，泰勒，拜託拜託解救我。

電話繼續響。

門房鑽到我的肩膀跟我說，「有很多年輕人不知道他們到底要什麼。」

喔，泰勒，拜託拜託拯救我。

電話繼續響。

「年輕人，他們以為他們想要全世界。」

把我從瑞典家具裡解救出來。

把我從精巧的藝術品裡解救出來。

電話繼續響，然後泰勒接了電話。

「如果你不知道你要什麼，」門房說，「下場會是一大堆你不想要的東西。」

希望我永遠不齊備。

希望我永遠不滿足。

希望我永遠不完美。

解救我，泰勒，把我從完美和齊備中解救出來。

泰勒和我同意在一間酒吧碰頭。

門房跟我要個警方找得到我的電話號碼。天還下著雨。我的奧迪還停在停車場，不過有一具Dakapo 鹵素火炬燈散落在擋風玻璃上頭。

泰勒和我，我們碰了頭，灌了很多啤酒，然後泰勒說，好吧，我可以搬進去跟他住，但是我必須幫他一個忙。

隔天，我的手提箱抵達，裝著最最基本的行李，六件襯衫，六件內褲。

就在哪裡，酒醉在一間沒人觀看沒人在意的酒吧裡，我問泰勒他要我幹嘛？

泰勒說，「我要你死命地打我。」

6

給微軟看的示範簡報跑到第二張，我嚐到鮮血，必須開始吞嚥。我的老闆不了簡報內容，不然他也不會讓我撐著黑眼圈、腫著半邊臉來進行示範。臉頰內側的縫線讓我的臉腫了起來，那些縫線鬆了，只要用舌頭頂住臉頰內側，就可以感受得到。想像一堆糾結在沙灘上的釣魚線。我可以想像它們就好比狗狗被閹掉之後的那些黑色縫線，這時我還在吞著鮮血。我的老闆看著我寫的稿子做簡報，我則操作手提投影機，因此我人在房間另一端，我坐在黑暗中。

因為我試著要把血舔掉，所以我的雙唇大部分都沾上了血，黏答答的，等到燈光亮起的時候，我會轉向微軟的愛顧問和華顧問和諾顧問和林顧問，對他們說，感謝大駕光臨，我的嘴那時會閃著血光，鮮血會在牙齒間的空隙上下流竄。

在你肚子感到不舒服前，你可以吞下大約一品脫的鮮血。

明天就有鬥陣俱樂部，我可不想錯過鬥陣俱樂部。

在開始簡報之前，微軟的華顧問笑了，動了動他那具蒸汽爐鍋鏟下巴，彷彿一具外殼曬成炭烤洋芋片顏色的行銷機器。戴了鑲章戒指的華顧問跟我握了握手，他那平滑溫潤的手包著我的手，然後他說，「我真不想看到另一個人的慘狀。」

鬥陣俱樂部規定第一條，不可談論鬥陣俱樂部。

我跟華顧問說我摔了一跤。

是我自己搞的。

在開始簡報之前，當我坐在老闆對面，告訴他稿子裡面每張幻燈片該在哪裡啟動的時候，告訴他我想要開始簡報影像部分的時候，我的老闆說，「每個週末你都在搞什麼？」

我只是不想死到臨頭都還沒留下過傷疤，我說。擁有健美標準的身材已經算不了什麼了。你看看那些剛從經銷商一九五五年展示間牽出廠的新車，全車身標準櫻桃紅，看到它們我總這麼想，多浪費呀。

鬥陣俱樂部規定第二條，不可談論鬥陣俱樂部。

也許是午餐時間，服務生來到你的桌子，那個服務生臉上有上週末鬥陣俱樂部留下來的兩團熊貓黑眼圈，上週末你看到他的頭夾在水泥地板和一個體重兩百磅的壯小子的膝蓋之間，那個壯小子不停地把拳頭打在那個服務生的鼻梁上，你可以聽見在眾人喧囂裡那一次又一次單調扎實的擊打聲音，直到那個服務生吸足了氣吐了口血喊，停。

你什麼都不說，因為鬥陣俱樂部只存在於從鬥陣俱樂部開始到鬥陣俱樂部結束的這段時間裡。

你看那個在影印中心工作的小子，一個月前你看到這個小子還記不住哪些文件要打三孔或是在文稿夾之間要放彩色的分隔頁，不過有十分鐘之久這個小子變成了神，你看見他把一個身形大他兩倍的銷售人員踢得上氣不接下氣，然後騎在那個人身上打到他整個人都癱了，打到那小子必須停手為止。這是鬥陣俱樂部的規定第三條，當某人說停，或是癱了，即便只是假裝的，那場鬥陣就此結束。每次你看到這小子，你不能告訴他那一場他鬥得真好。

一場只能兩個人鬥。一次只鬥一場。他們鬥起來不穿上衣或鞋子。鬥陣需要進行多久就進行多久。這些是鬥陣俱樂部的其他規定。

在鬥陣俱樂部裡的人們不是身在現實世界裡的他們。即使你跟影印中心的小子說他鬥得真好，你並不是在跟同一個人講話。

在鬥陣俱樂部裡的我並不是我老闆認識的那個人。

在鬥陣俱樂部裡待過一晚後，真實世界裡的一切都變得調低了音量。沒有什麼能讓你生氣。你說的話就是法律，如果其他人違反了那個法律或是質疑你，即便如此你也生不起氣來。

在現實世界裡，我是個穿襯衫打領帶的收回改正計畫協調員，滿口鮮血地坐在黑暗中更換投影燈和幻燈片，一旁我的老闆正在跟微軟說他如何為某個電腦圖像選用某種矢車菊般的淺藍色。

第一場鬥陣俱樂部只有泰勒和我互相打來打去。

回家的時候我很生氣，知道我的人生沒有跟著我的五年計畫走，通常打掃房間或是照顧愛車就足以撫平我的情緒。有一天我會身上沒有疤痕的死去，身後會留下一間真的很棒的套房和一輛車。真的，真的很棒，直到塵埃落定或者業務轉手為止。沒有什麼是靜止的。就連《蒙娜麗莎》也不停地憔悴。加入鬥陣俱樂部之後，我滿嘴半數以上的牙齒都可以左右搖晃上下擺動。

也許自我改善不是答案。

泰勒從來不認識他父親。

也許自我毀滅才是答案。

泰勒和我仍然會去鬥陣俱樂部，兩個人一起。現在，鬥陣俱樂部位於一家酒吧的地下室，週六晚上等酒吧關門之後便開始，要是每個星期去，你會發現那裡人越來越多。

泰勒站在黑暗水泥地下室中間那盞孤燈下面，他可以看見那盞燈在一百雙眼睛的黑暗之中回映閃爍著。泰勒吼出來的第一句話是，「鬥陣俱樂部規定第一條：你不可以談論鬥陣俱樂部。」

「鬥陣俱樂部規定第二條，」泰勒吼著，「是你不可以談論鬥陣俱樂部。」

我呢，我認識我老爸六年了，但我什麼都不記得。我老爸，他大約每六年就在一處新的小鎮建立一個新的家庭。與其說像個家庭，倒不如說他像是建立連鎖事業。

你在鬥陣俱樂部看到的是一世代由女人所扶養長大的男人。

泰勒站在午夜過後擠滿男人的地下室那黑暗中唯一一盞燈下，泰勒帶過其他規定：一場兩個人鬥，一次一場，不穿上衣不穿鞋，得鬥多久就鬥多久。

「還有規定第七條，」泰勒吼著，「如果這是你在鬥陣俱樂部的第一個晚上，你就必須上場。」

鬥陣俱樂部不是電視轉播的美式足球賽。你觀看的不是一群你不認識的男人在半個世界之外透過遲了兩分鐘的衛星實況轉播彼此互毆，每十分鐘有廣告插播，然後還因為尋找訊號而暫時中斷。等你見識過鬥陣俱樂部之後，在電視上看美式足球的經驗就彷彿是你原本可以好好爽一下卻只盯著電視看色情片。

鬥陣俱樂部變成你去健身房、維持短頭髮，以及剪指甲的理由。你去的健身房擠滿了想要看起來像男人的小子，彷彿做個男人就要看起來像是雕刻家或是藝術指導所說的那種樣子。

就像泰勒所說的，連塊蛋奶酥看起來都像是練過功夫的。

我父親從來沒上過大學，因此我上大學很重要。上完大學之後，我打了長途電話問他說，接下來要幹嘛？

我老爸不知道。

當我找到一份工作，過二十五歲生日的時候，長途電話裡我說，接下來要幹嘛？我老爸不知道，所以他說，找個人結婚吧。

我是個三十歲大的男孩，我懷疑另一個女人是否真會是我所需要的解答。

在鬥陣俱樂部發生的事並不以言語進行。有些人每個星期都需要鬥一次。這個星期，泰勒說前五十個走進大門的人算數，就這些。再多也不要了。

上個星期，我拍了拍某個小子，他和我便登記鬥一場。這小子這個星期一定過得很糟，他把我的雙臂卡在我的後腦袋，然後把我的臉往水泥地板上塞，直到我的牙齒把臉頰內側給咬了開來，直到我的眼睛腫得張不開流著血，然後在我說，停，之後，往下看我可以看到地板上的鮮血印著我的半張臉。

泰勒站在我身邊，我們兩個低頭看我的嘴巴一圈血所形成的大O形，還有我眼睛小小的一條縫從地板上回瞪過來，泰勒說，「酷。」

我跟這小子握手說，鬥得好。

這小子，他說，「下個星期怎麼樣？」

我試著在一片腫脹中微笑，然後我說，看著我。下個月怎麼樣？

你在鬥陣俱樂部裡面感到生氣勃勃，哪兒都比不上。那裡只有你和另一個人站在所有其他觀眾中間的一盞孤燈下面。鬥陣俱樂部無關輸贏。鬥陣俱樂部與言語無關。你看到某小子第一次來到鬥陣俱樂部，他的屁股是一條白麵包。六個月後你在這裡看到同一個小子，他看起來好像是從木頭裡雕出來的一樣。這小子相信自己可以處理一切。就像健身房，鬥陣俱樂部有喘氣聲有噪音，但是鬥陣俱樂部與好看無關。這裡有歇斯底里的唇舌吼叫，好比在教堂，而當你星期天下午醒來的時候，你有種獲救的感覺。

上一次鬥陣之後，跟我鬥的那小子在擦地板，我則打電話給我的保險公司，要他們預先核准可以用急診室。在醫院，泰勒跟他們說我摔了一跤。

有時候，泰勒替我說話。

我自己搞成這樣的。

外面，太陽正要升起。

你不可以談論鬥陣俱樂部，因為除了星期天清晨從兩點到七點的五小時之間，鬥陣俱樂部並不存在。

當我們發明鬥陣俱樂部的時候，泰勒和我，我們兩人以前都不曾跟人鬥過。如果你從沒鬥過，你會想很多。關於受傷啦，關於你能傷害另一個人到什麼地步啦，啦啦。我是泰勒第一個覺得可以安心發問的人，在一家沒有人在意的酒吧裡我們兩人都醉了，泰勒說，「我要你幫我一個忙。我要你死命地打我。」

我並不想，但是泰勒把一切解釋給我聽，關於不想死到臨頭還不留疤，關於只有職業競技可看的不耐，還有想要多了解他自己。

關於自我毀滅。

那時候，我的生活似乎一切都太齊備了，而也許我們必須要打破一切，才能從我們自己身上打造出更好的東西。

我看了看四周，然後說，好吧。好吧，我說，不過要在外面的停車場。

於是我們走到外面，然後我問泰勒要打臉還是打肚子。

泰勒說，「給我一個驚喜。」

我說我從來沒有打過人。

泰勒說，「那就盡情抓狂咯咯。」

我說，眼睛閉起來。

泰勒說，「不。」

就像每個第一次在鬥陣俱樂部裡鬥的人一樣，我吸了一口氣，然後掄了一圈我的拳頭打在泰勒的下巴上，就像是我們看過的每部牛仔電影裡面演的那樣，然後我，我的拳頭，跟泰勒脖子那一側連接在一起。

他媽的，我說，這下不算。我要再試一次。

泰勒說，「算，那下算，」然後打我，正面，砰，就像是星期天早上卡通片裡頭裝了彈簧的卡通拳擊手套，直直打在我的胸口，然後我往後摔倒在一輛車上。我們兩個站在那裡，泰勒搓了搓他一邊的脖子，我一隻手握住胸口，我們兩個都知道我們到達了我們從未去過的境界，就像卡通片裡頭的貓跟老鼠一樣，我們還活著，我們想要知道我們可以承受到什麼地步仍然還能活著。

泰勒說，「酷。」

我說，再打我一次。

泰勒說，「不，你打我。」

於是我打他，一記女孩子的勾拳打在他的耳朵正下方，然後泰勒把我往後推，把他的鞋跟轟進我的肚子。接下來和之後發生的事並不以言語進行，但是酒吧打烊了，人們走了出來，在停車場圍著我們吼叫。

不管泰勒，我覺得我終於能夠應付這個世界上行不通的所有事，我送洗之後領扣就壞了的乾洗服務，說我超支好幾百塊美金的銀行。老闆會動我的電腦和亂寫ＤＯＳ系統執行指令的那份工作。還有瑪拉·辛格，那個偷走我互助團體的女人。

鬥陣結束之後，什麼都沒有解決，但什麼都不再重要。

我們鬥的第一晚是星期天晚上，而泰勒一整個星期都沒有刮鬍子，所以我的指關節被他的週末鬍子扎得火燙燙。我們背躺在停車場，望著穿過街燈的唯一一顆星星，我問泰勒他剛剛為何而鬥。

泰勒說，為他父親。

也許我們不需要一個父親來讓我們自己感覺齊備。在鬥陣俱樂部裡面，你不是為了私人恩怨在跟某人鬥。你為鬥而鬥。照理你不可以談論鬥陣俱樂部，可是我們還是談論了，在接下來的兩個星期裡，酒吧打烊後人們聚集在停車場，在天氣變冷之前，另一間酒吧提供了我們現在碰頭的地下室。

當鬥陣俱樂部碰頭的時候，泰勒宣布他和我決定的規定。「你們之中有大多數人，」泰勒從擠滿人的地下室中央的光錐體中吼著說，「你們之所以會在這裡，那是因為有人不守規矩。有人告訴你鬥陣俱樂部的事情。」

泰勒說，「嗯，你們最好閉上你們的嘴，不然你們最好自己去開鬥陣俱樂部，因為下星期你們來的時候要把名字寫在名單上，只有名單上的前五十名可以進來。要是進來了，如果你想鬥一場，你馬上搞一場。如果你不想鬥，有人想，所以你或許應該乖乖待在家裡。

「如果這是你在鬥陣俱樂部的第一個晚上，」泰勒吼著，「你就必須要上場。」

鬥陣俱樂部裡面的大多數人都很害怕，生活上有某些事情讓他們怕得不敢鬥。鬥個好幾場下來，你的害怕會少些，會少很多。

很多最要好的朋友第一次都是在鬥陣俱樂部裡認識的。現在我去會議或是研討會的場合，看到會議桌上的臉孔，會計師和新進的主管或是律師，他們撞歪了的鼻子像條茄子似的攤在繃帶下面，或者在他們的眼下或是緊閉的下巴上有一兩條縫線。這些都是沉靜的年輕人，在下決定的時刻來臨之前，他們靜靜聆聽。

我們對彼此點頭致意。

稍後，我老闆會問這些人裡頭我怎麼認識這麼多。

根據我老闆的說法，在這行裡，紳士越來越少，流氓越來越多。

示範簡報繼續進行。

微軟的華顧問正好對上我的眼神。這是個牙齒完美皮膚清潔的年輕人，做著一份你會費神在校友雜誌提筆撰文的工作。你知道他太年輕，沒機會參加任何戰爭，如果他的父母沒有離婚，他父親也從來不會在家，而他在這裡看著我，半邊臉刮得乾乾淨淨，另一半傷痕累累地隱身在黑暗之中使眼色。鮮血在我的唇上發光。而也許華顧問正想著上個週末他去參加的那場沒有肉類沒有痛苦的帶菜聚會，或許是臭氧層，或許是地球迫切需要停止在動物身上進行殘酷的產品測試，不過有可能他根本沒有。

7

有天早上，廁所裡漂著一條死烏賊般用過的保險套。

泰勒就這樣子跟瑪拉認識了。

我起床撒泡尿，廁所馬桶裡面就漂著這個，周圍是一片像是洞穴壁畫的污泥。你的好奇心油然升起，這，精子會怎麼想。

這個？

這裡是陰道的機密文件檔案庫？

到底在搞什麼？

整個晚上，我都夢想自己在幹瑪拉・辛格。瑪拉・辛格抽著她的菸。瑪拉・辛格的眼睛溜溜轉。我在自己的床上獨自醒來，而泰勒房間的門關著。泰勒房間的門從來不關的。

整個晚上，天都在下雨。屋頂的木板經過風吹日曬，翹的翹，捲的捲，雨水滲了過去，囤積在天花板的塑膠皮上頭，然後透過燈具安裝插座一點一點地滴了下來。

下雨的時候，我們得把保險絲拔掉。你絕對不敢把燈打開。泰勒租下來的這棟房子有三層樓和一間地下室。我們四處拿著蠟燭。屋裡有餐具室以及掛了蚊帳的眠床以及樓梯間的彩色玻璃窗。還有凸出的窗戶，客廳裡還有靠窗的座位。護壁板是雕刻出來的，還上了漆，有十八英寸高。

雨水滴滴答答地流進屋裡，所有木製的東西都發了脹、縮了水，每件木製品裡頭的釘子，包括地板護壁板和窗格窗櫺，那些釘子全都跳了出來然後生鏽。走到哪都會踩到生鏽的釘子或是扎到腳踝，而且七個臥房共享一間浴室，現在這間浴室多了一條用過的保險套。

這棟房子在等待，等待有人下了變更地目或是清算遺產的決心，然後房子就會給拆了。我問泰勒他在這裡住多久了，他說大概六星期。開天闢地之前，曾經有個屋主收藏了一生的《國家地理雜誌》和《讀者文摘》。一疊疊搖搖欲墜高大的雜誌塔每逢下雨就變得更高大。泰勒說上個房客會把亮亮的雜誌紙撕來做古柯鹼的包裝紙。前門沒有鎖，警察或不管是誰踢門的時候擋都擋不住。餐廳牆壁上有九層壁紙正在發脹，花的上頭是條紋的上頭是花的上頭是鳥的上頭是草。

我們僅有的鄰居是一間關門了的器械店以及對街一整排的倉庫。走進房子裡面，這裡有座壁櫥，上頭有根七尺長的捲軸用來捲起大馬士革桌布，如此才不會起縐褶。這裡有一座香柏鑲邊、可冷藏毛草的櫥櫃。浴室的瓷磚畫有小巧的花卉，比大部分人家的結婚瓷器還要精美，這裡還有一條用過的保險套漂在廁所裡。

我跟泰勒住在一起一個月了。泰勒來吃早餐的時候，脖子上胸前都是吸吮過的紅腫印子，而我正在閱讀一本過期的《讀者文摘》雜誌。這棟房子拿來販毒最理想。這裡沒有鄰居。紙街上除了倉庫和紙漿廠以外，什麼都沒有。紙工廠的蒸汽聞起來像放屁，工廠四周橘色金字塔似的木塊聞起來像是老鼠窩。在這棟房子裡販毒最理想，因為每天都有成千上百萬的卡車開過紙街，可是到了晚上，方圓半英里的範圍內只有泰勒和我。

我在地下室找到一疊又一疊的《讀者文摘》，現在每個房間都有一疊《讀者文摘》。

在這些美利堅合眾國裡的日子。

歡笑是良藥。

一疊疊的雜誌大概就是唯一的家具了。

在最舊的雜誌裡，有一系列的文章，個個人體器官都以第一人稱來談論他們自己：我是小珍的卵巢。

我是老王的攝護腺。

不騙你，而泰勒帶著身上的紅印走到廚房餐桌，上衣還沒穿上，他說，這個那個這個那個，他昨晚遇見瑪拉．辛格，他們還上了床。

聽到這個，我整個人是老王的膽囊。所有這一切都是我的錯。有時候做了某些事，你就會被人擺一道。有時候你什麼也沒做，你也會被人擺一道。

昨晚，我打電話給瑪拉。我們已經搞了一套制度，要是我想去某個互助團體，我可以打電話給瑪拉看她有沒有打算要去。昨晚是黑素瘤，而且我覺得心情有點低落。

瑪拉住在麗晶飯店，只是棟破破爛爛的棕色磚頭黏成一塊的建築，所有的床墊都封死在滑溜溜的塑膠套子裡頭，有很多人去那裡等死。任何一張床要是坐錯了方式，你便會和床單毛毯一同滑落地板。

我打電話給在麗晶飯店裡的瑪拉，看她要不要去黑素瘤。

瑪拉以慢動作回答我。這次自殺不是玩真的，瑪拉說，這可能只是那種一哭二鬧三上吊的把戲，但是她吞了太多贊安諾❶。

想像你跑到麗晶飯店去看瑪拉在她黏答答的房裡一頭撞來撞去，說著：我要死了。死了。我要死了。死了。死——了。死了。

這樣子搞上好幾個小時。

於是她今晚來家裡過夜，對吧？

她正在搞那件生死大事，瑪拉跟我說。如果我想觀賞的話，應該現在就動身。

不管怎樣，謝謝了，我說，不過我有別的計畫。

那就好，瑪拉說，她正好可以看著電視死。瑪拉只希望電視上有值得看的東西就好。

我去了黑素瘤。我很早就回到家。我睡覺。

接著現在，隔天的早餐時間，泰勒就坐在這裡全身布滿紅印，然後說瑪拉是個腦筋怪怪的賤貨，不過他很喜歡這種賤貨。

經過昨天晚上的黑素瘤，我回家上床睡覺。接著我做夢抓著瑪拉·辛格幹幹幹。

接著是今天早上，聽著泰勒說話，我假裝在閱讀《讀者文摘》。腦筋怪怪的賤貨，這我大可早點讓你知道。《讀者文摘》。制服的幽默。

我是老王憤怒的膽管。

瑪拉昨天晚上跟他說的那些事情，泰勒說。從來沒有一個女孩子跟他這樣子說話。

我是老王咬牙切齒的牙齒。

我是老王鼻翼擴張的冒火鼻孔。

泰勒和瑪拉上過床大概十次之後，泰勒說，瑪拉說她想要懷孕。瑪拉說她想要為泰勒墮胎。

我是喬的發白指關節。

泰勒怎麼可能不會中計。前天晚上，泰勒一個人熬夜把性器官貼到《白雪公主》裡頭。

我怎麼可能搶得到泰勒的注意力。

我是老王氣得火冒三丈的被人冷落的心情。

更糟糕的是，這全是我的錯。昨晚我上床睡覺之後，泰勒告訴我說他做完宴會服務生的晚班工作之後回家，瑪拉從麗晶飯店又打了一次電話來。就是這次了，瑪拉說。隧道，有光指引著她走下隧道。死亡經驗真是好酷，瑪拉要我聽著她描述她如何脫離身體向上飄去。

瑪拉不知道她的靈魂是不是會使用電話，但她想至少要有人聽見她最後一口氣。

不，不行，泰勒接了電話，把整個狀況給搞錯了。

他們從來沒有見過面，因此泰勒以為瑪拉就要死了是件壞事。

根本就不是這回事。

這件事跟泰勒一點關係都扯不上，可是泰勒打電話報了警，然後泰勒飛奔到麗晶飯店。

現在，根據我們都從電視上學到的古老中國習俗，泰勒得為瑪拉負責，生生世世，因為泰勒救了瑪拉一命。

要是我就浪費那麼兩分鐘跑去觀賞瑪拉死，那麼就半點鳥事也不會發生了。

泰勒告訴我說瑪拉住在8G號房，麗晶飯店的頂層，得爬八層樓的樓梯然後再經過一條吵雜的走廊，每個門後面都傳來電視機的罐頭笑聲。每兩秒鐘就有女演員尖叫或是有演員在一陣槍林彈雨中尖叫著死去。泰勒走到走廊盡頭，甚至在他敲門之前，一隻細細瘦瘦白脫牛奶的蠟黃手從房間大門一甩而出，抓住他的手腕，然後把他扯進房間。

我把自己埋在《讀者文摘》裡。

即便在瑪拉把泰勒扯進她房間裡面的時候，泰勒都能聽到麗晶飯店前越聚越多的煞車聲和警鈴聲。梳妝台上有根電動陽具，製造材料採用跟上百萬仙的芭比娃娃一樣的柔軟粉紅塑膠，有那麼一刻，泰勒可以想像上百萬仙的洋娃娃、芭比娃娃、電動陽具從台灣同一條裝配線上射出成形大量製造。

瑪拉看著正在看向她電動陽具的泰勒，她的眼睛溜溜轉，然後說，「不要害怕，那對你並不構成威脅。」

瑪拉把泰勒推出走廊，然後她說她很抱歉，可是他不應該打電話報警，現在在樓下的大概就是警察。

在走廊上，瑪拉把8G的房門鎖了起來，然後把泰勒往樓梯的方向推去。在樓梯上，泰勒和瑪拉死死貼在牆上，一批批警察和醫護人員帶著氧氣衝了上來，問哪個門是8G。

瑪拉告訴他們走廊盡頭的那個門就是。

瑪拉對著警察吼，說住在8G的女孩子以前很可愛很迷人，可是那個女孩子現在是頭怪獸賤貨怪獸。那個女孩子是傳染性人渣，她很困惑很害怕自己承諾錯了對象，因此不管是什麼她都不願承諾。

「8G的女孩子不相信她自己，」瑪拉吼著說，「她擔心一旦她年紀越來越大，她手上掌握的選擇就會越來越少。」

瑪拉吼說，「祝你好運。」

警察在8G鎖住的門前擠成一推，瑪拉和泰勒三步併做兩步地衝下大堂。在他們身後，有個警察對著房門大喊。

「讓我們幫助妳！辛格小姐，妳有一百零一個理由活下去！只要讓我們進去就好，瑪拉，我們可以幫妳解決問題！」

瑪拉和泰勒衝到街上。泰勒把瑪拉塞進計程車裡，高高的在飯店八層樓的地方，泰勒可以看到影子在瑪拉房間的窗戶前來回穿梭。在路燈車燈一片燈海、六線道車海衝向消失點的高速公路上，瑪拉告訴泰勒說他得讓她整晚保持清醒。一旦瑪拉睡著了，她就會死。

有很多人希望瑪拉死，她跟泰勒說。這些人已經死了，去了另一個世界，到了晚上他們會打電話過來。有時候去一家酒吧，瑪拉會聽到酒保喊她的名字，等到她把電話接起來的時候，另一頭就斷線。

泰勒和瑪拉，他們在我隔壁房間幾乎整晚沒睡。泰勒起床的時候，瑪拉已經消失回麗晶飯店了。

我告訴泰勒說，瑪拉．辛格不需要情人，她需要社工。

泰勒說，「可別把這個叫做愛。」

長話短說，現在瑪拉出手，又毀了我另一部分的人生。打從大學開始，我交朋友。他們結婚，我失去朋友。

很好。

帥，我說。

泰勒問，這會對我造成困擾嗎？

我是老王的寸斷柔腸。

不會，我說，沒問題。

拿把槍捅我的頭，然後用我的腦漿粉刷牆壁。

很棒，我說。真的。

❶ 一種鎮定劑。

8

我老闆要我回家，因為我褲子上都是乾掉的血跡，我為此高興得要命。

打穿我臉頰的洞從來沒有癒合過。我要去上班了，而我打翻了的眼袋是兩團發脹的黑色貝果，我只留下中間一丁點的屁眼來看外面。直到今天為止我都很氣，氣我自己已經變成一個完完全全自在了然的禪學宗師卻沒人注意到。我還是得去幹傳真這種小事。我寫了小小的俳句，然後傳真給每個人。當在公司的大堂與人們擦身而過的時候，我從每個人充滿敵意的小小嘴臉中，完完全全地體會到禪的意境。

工蜂可翹頭
雄蜂也可以飛走

你放棄所有世俗的財產以及你的車，然後跑去住在有毒性廢料的城區裡的出租房子，到了晚上很晚的時候，你聽得到瑪拉和泰勒在他的房間，彼此互稱人肉屁股擦。

拿去，人肉屁股擦。

擦吧，屁股擦。

嚥下去。擦下去，寶貝。

恰成對比，這讓我變成這個世界的小小鎮定中心。

我，帶著打翻了的眼睛和褲子上一大塊深黑色的脆皮乾血跡，我對工作上的每個人都說哈囉。哈囉！看看我。哈囉！我好禪哪。這是血。這是空。哈囉。一切皆是空，悟道真是酷。像我這樣。

嘆氣。

你看。就在窗外。一隻小鳥。

我的老闆問那灘血是不是我的血。

那隻小鳥逆著風飛。我在腦中寫著一首短短的俳句。

沒有半個巢
小鳥牠四海為家
人生即事業

我正用我的手指數數：五、七、五。

血，我的嗎？

是呀，我說。有些是。

這是個錯誤的答案。

好像這是件什麼大不了的事情呢。我有兩件黑褲子。六件白襯衫。六件內褲。最低限度的基本。我去鬥陣俱樂部。這種事會發生。

「回家去吧，」我的老闆說。「回去換換衣服。」

我開始懷疑泰勒和瑪拉是不是同一個人。只有一種狀況除外：每天晚上他們都在瑪拉的房間裡打炮。

幹哪幹。

幹哪幹。

幹哪幹。

泰勒和瑪拉從來不在同一間房間裡。我從來沒有見過他們兩人在一起。

再怎麼說，你也從來沒見過我和莎莎・嘉寶❶在一起，這可不代表我們是同一個人。只是瑪拉在的時候泰勒不會出來見人罷了。

所以我可以洗我的褲子了，泰勒得教我怎麼製作肥皂。泰勒在樓上，廚房充滿了丁香和毛髮燃燒的氣味。瑪拉坐在廚房餐桌邊，正在用丁香香菸燃燒自己的手臂內側，說她自己是塊人肉屁股擦。

「我擁抱我自己染病潰爛的腐敗，」瑪拉對著香菸尾端的櫻桃紅說。瑪拉把香菸鑽進她手臂的鬆軟白肉包裡。「燒吧，女巫，燒吧。」

泰勒在樓上我的臥房裡，盯著我的鏡子在看他的牙齒，然後說他替我找到一份宴會服務生的工作，兼差性質的。

「在普瑞斯曼飯店，如果你晚上可以上班的話，」泰勒說。「這份工作可以刺激你的階級仇恨。」是呀，我說，怎樣都好。

「他們要你打個黑色的蝴蝶結，」泰勒說。「在那裡工作你只需要一件白襯衫和一條黑長褲。」

肥皂，泰勒說。我說，我們需要肥皂。我們需要製造些肥皂。我需要洗我的褲子。

我抓住泰勒的腳讓他做兩百下仰臥起坐。

「要做肥皂，我們首先需要生產油脂。」泰勒滿嘴都是實用的資訊。

除了他們在打炮以外，瑪拉和泰勒從來不在同一個房間出現。要是泰勒出現了，瑪拉就忽視他。這是家常便飯了。我父母完完全全就是這樣對彼此視而不見。然後我的父親往外跑去建立另一家連鎖店。

我父親總是說，「在性生活變得無聊前就結婚，不然你永遠結不了婚。」

我母親說，「絕對不要買有尼龍拉鍊的東西。」

我的父母從來沒說過什麼會讓你想繡在沙發墊上保存的名言。

泰勒做了一百九十八個仰臥起坐。一百九十九。兩百。

泰勒穿著一種黏答答的法蘭絨浴袍和運動褲。「把瑪拉弄出這棟房子，」泰勒說。「把瑪拉送去店裡買一瓶濃鹼。要雪片狀的濃鹼。不要結晶狀的。甩掉她就對了。」

我，我變成六歲小孩，又一次地在我不相親相愛的父母間來回傳話。我六歲的時候就恨這樣。現在我也恨這樣。

泰勒開始做抬腿動作，我則下樓告訴瑪拉：雪片狀的濃鹼，然後我給了她十塊美金和我的公車票。瑪拉還坐在廚房餐桌邊的時候，我把那根丁香香菸從她的指頭間拿開。簡單又輕鬆。拿了一塊洗碗布，我擦了擦瑪拉手臂上的鏽黃斑點，燙傷的痂破了，開始流血。然後我把她的腳一隻一隻塞進一雙高跟鞋裡。

瑪拉低頭看我拿著她的鞋做著白馬王子那一套，她說，「我自己進來的。我以為沒人在家。你的前門沒有鎖。」

我什麼都沒說。

「你知道的，保險套是我們這一代的玻璃鞋。遇到陌生人的時候你把它套上。你跳一整晚的舞，然後你把它丟掉。我是指保險套。不是陌生人。」

我不是在跟瑪拉說話。她可以巴結上那些互助團體和泰勒，可是她怎樣都不會成為我的朋友。

「我在這裡等了你一早上。」

花開花又落
風帶來蝴蝶或雪

瑪拉從廚房餐桌邊起身，她穿了一件無袖的藍色洋裝，用某種閃亮材質做的。瑪拉捏了捏裙襬，往上翻起來給我看裡面小小點的縫線。她什麼內褲都沒穿。然後她眨了眨眼。

「我想給你看我的新衣服，」瑪拉說。「這是件伴娘服，全都是手工縫的。你喜歡嗎？舊衣回收店只賣一塊錢。有人花工夫做了這些小小的縫線，只為了這件好醜好醜的衣服。」瑪拉說。「你能相信嗎？」

裙子的一邊比另一邊長，洋裝的腰部低低地在瑪拉的臀部繞了一圈。

在她去商店前，瑪拉用指尖拉起了裙子，繞著我和廚房桌子大概在跳舞，她的屁股在裙子裡飛來飛去。瑪拉喜歡的東西，她說，是那種大家喜歡的不得了卻在一小時或一天後便丟棄的東西。就像聖誕樹那樣，一時還是所有注意力的焦點，聖誕節一過，你就會看到這些還掛著鈴鐺的死聖誕樹被丟棄在高速公路旁邊。看到這些樹你會想起被車撞死的動物或是性犯罪的受害者，內褲反穿地被黑色的電氣膠帶捆綁著。

我只想把她弄出去。

「動物收容所是最棒的地方了，」瑪拉說。「在那裡所有的動物，大家愛過然後丟棄的小貓小狗，甚至連老動物，看到你都會跳上跳下地爭取你的注意力，因為三天一過，牠們就會被注射過量的苯基巴比東酸鈉，然後丟進巨大的寵物焚化爐報銷。

「一睡不起，『狗狗谷』❷的死法。」

「在那裡即便有人愛你愛到救你一命，他們還是會把你結紮。」瑪拉看著我，好像我是幹她的那個人似的，然後說，「我跟你是贏不了的，我贏得了嗎？」

瑪拉從後門出去，嘴裡哼著令人毛骨悚然的《娃娃谷》❸主題曲。

我兩眼直直地瞪著她離開。

這裡靜、悄、悄、悄了三下之後，瑪拉整個人終於消失不見。

我轉過身來，泰勒就出現了。

泰勒說，「你把她甩掉了沒？」

無聲無息，泰勒就這樣出現了。

「首先，」泰勒說著，然後從廚房門跳到冰箱挖東西。「首先，我們需要生產一些脂肪。」

至於我老闆，泰勒跟我說，如果我真的很生氣，我應該去郵局填一張地址變更表，然後把他所有的信件轉寄到北達科塔州的魯格比鎮。

泰勒開始拉出一袋袋裝在沙拉袋子裡的白色冷凍物品，然後往水槽裡丟。我，我則應該在爐子上放一只水裝得差不多滿的大鍋子。水要是太少，脂肪在分解成獸脂的時候就會變黑。

「這種脂肪，」泰勒說，「有很多鹽分，因此水越多越好。」

把脂肪放進水裡，把水煮沸。

泰勒把每個沙拉袋裡的白色物事擠進水裡，然後泰勒把那些空袋子一路埋在垃圾桶的最底層。

泰勒說，「運用點想像力。回想童子軍教給你的那些探險屁招。回想一下你上過的高中化學。」

很難想像泰勒會去參加童子軍。

我還有一件事可做，泰勒跟我說，我可以開車開到我老闆的家，拿一根水管套在他的戶外灑水器上頭。把水管接上一台手動幫浦，我就可以將工業染料注入房屋的管道系統。紅的或是藍的或是綠的，然後等著看我的老闆隔天會是什麼樣子。或者，我也可以乾脆坐在草堆裡打幫浦，直到管道系統衝到110psi的超高壓。這樣子的話，如果有人沖馬桶，馬桶槽就會爆炸。到了150psi，如果有人打開淋浴設備，那樣的高水壓就會把蓮蓬頭爆開，扯斷沖水管，砰，蓮蓬頭就會變成散彈迫擊炮。

泰勒會說這些，只是要讓我心裡覺得好過些。說實話，我喜歡我老闆。再者，現在我頓悟了。你知道的，言行舉止要像個佛陀。曼殊沙華❹。《金剛經》與《碧巖錄》。哈里·拉瑪，你知道的，奎師納、奎師納❺。你知道的，開悟。

「屁眼插雞毛，」泰勒說，「並不會讓你變成雞。」

脂肪分解之後，獸脂會浮在沸水表面。

喔，我說，所以我是在屁眼插雞毛咯。

香菸燙傷爬滿手臂的泰勒還以為他的靈魂比別人高一層呢。人肉屁股擦先生跟人肉屁股擦太太。我露出慈顏善目，化身成航空公司緊急事件處理手冊上面的那些印度教牛先生，一副任人宰割的模樣。

鍋子下的火關小。

我攪動沸水。

越來越多的獸脂會浮上來，直到水面覆蓋著一層宛如珠母般的七彩薄膜。拿大湯匙把這一層瓢起來，放在一邊。

所以啦，我說，瑪拉這人怎麼樣？

泰勒說，「至少瑪拉努力在探底。」

我攪動著沸水。

繼續瓢，直到不再有獸脂浮上來為止。我們從水面瓢起來的東西叫做獸脂。乾乾淨淨的好獸脂。

泰勒說我離探底還遠著呢，還早。如果我沒有一路到底，我就無法獲救。耶穌就探過底，他的十字架就是那麼回事。我不應該只是拋棄金錢財產和知識。這只是在週末退隱那麼一下子而已。我應該遠離自我改善，我應該朝災難飛奔。我不能再做乖乖牌。

這可不是場研討會。

「如果你在探底之前嚇得屁滾尿流，」泰勒說，「你就永遠不會真正成功。」

只有在災難過後，我們才能復活。

「只有在你失去一切之後，」泰勒說，「你才能自由地想做什麼就做什麼。」

我現在的感受是不成熟的悟道。

「還要繼續攪拌哦，」泰勒說。

等到油脂煮得不再有獸脂浮起的時候，把沸水倒掉。把鍋子洗一洗，再倒滿清水。

我問，我離探底有多遠呢？

「以你現在所在的位置，」泰勒說，「你連底長的是什麼樣子都沒辦法想像。」

重複這個脫脂的過程。在水裡煮獸脂。瓢，繼續瓢。「我們用的脂肪有很多鹽分，」泰勒說。「鹽分太多，你的肥皂就硬不起來。」煮沸然後瓢。

煮沸然後瓢。

瑪拉回來了。

瑪拉打開紗窗門的那一秒鐘，泰勒就不知去向，消失無蹤，跑出了房間，不見了。

泰勒跑去了樓上，或者泰勒跑到地下室去了。

噗。

瑪拉從後門進來，手上拿著一罐片狀濃鹼。

「在店裡他們有百分之一百資源回收的衛生紙，」瑪拉說。「全世界最糟糕的工作一定是衛生紙回收。」

我拿了那罐濃鹼把它放在桌上。我什麼話都沒說。

「今晚我可以過夜嗎？」瑪拉說。

我沒回答。我在腦袋裡數：五個字，七個，五個。

老虎會微笑
蛇會說牠愛你
說謊讓我們邪惡

瑪拉說，「你在煮什麼？」

我是沸點老王。

我說，去，去就對了，走開就對了。可以吧？妳不是已經有了我好大一塊人生了嗎？

瑪拉捉住我的袖子，不讓我亂動一秒鐘，好讓她親到我的臉頰。「拜託你打電話給我，」她說。「拜託。我們需要談一談。」

我說，是呀，是呀，是呀，是呀，是呀。

瑪拉一走出房門，泰勒就出現在房間裡。

快得跟魔法似的。我們父母搞這種魔法搞了有五年之久。

我煮水然後瓢皮，泰勒則把冰箱騰出空間來。蒸汽雲霧裊裊，水滴從廚房屋頂滴滴答答流下來。四十瓦的燈泡躲在冰箱背部，我看不見那團亮亮的東西，它被擋在空的果醬瓶子和放了鹽漬物或是美乃滋的罐子後面，冰箱內部有某種微小亮光把泰勒的身形打亮了一圈。

煮和瓢。煮和瓢。把瓢起來的獸脂放進頂蓋全部打開的牛奶盒裡去。

拉了一張椅子坐在打開的冰箱前，泰勒看著獸脂冷卻。在廚房的熱氣中，冰冷的霧氣雲像瀑布一樣一朵朵地從冰箱底部瀉出來，在泰勒的腳邊聚成一池。

我把獸脂裝進牛奶盒，泰勒把牛奶盒放進冰箱。

我走到冰箱前面泰勒身邊跪了下來，泰勒拿起我的手讓我看清楚。生命線。愛情線。水星丘和火星丘。冰冷霧氣在我們身邊聚成了一池，微弱的光線照在我們臉上。

「我需要你幫我一個忙，」泰勒說。

這跟瑪拉有關，對不對？

「絕對不要跟她提起我。別在我的身後談論我。對我發誓？」泰勒說。

我發誓。

泰勒說，「要是你跟她提起我，你就永遠再也見不到我。」

我發誓。

「對我發誓？」

我發誓。

泰勒說，「現在記好了，你可發誓了三次。」

冰箱獸脂的上面聚集了一層厚厚乾淨的東西。

那個獸脂，我說，它正在分解。

「別擔心，」泰勒說。「乾淨的那層是甘油。做肥皂的時候可以把甘油再混進去。或者，你也可以把甘油給瓢出來。」

泰勒舔了舔嘴唇，把我的手掌心朝下地放在他的大腿上，就在他罩著黏答答的法蘭絨浴袍的腿上。

「你可以把甘油和硝酸混在一起，做成硝化甘油，」泰勒說。

我張著嘴吸氣說，硝化甘油。

泰勒把他的嘴唇舔得又濕又亮，然後在我的手背上吻了一下。

「你可以把硝化甘油和硝酸鈉加上木屑混在一起，做成炸藥，」泰勒說。

那個吻在我白皙的手背上閃閃發光。

炸藥，我說，然後傾坐在我的腳後跟上。

泰勒扳開濃鹼罐的蓋子。「你可以轟掉一座大橋，」泰勒說。

「你可以把硝化甘油與更多的硝酸和石蠟混在一起，做成明膠爆炸物，」泰勒說。

泰勒在我手背濕亮吻痕的上方一英寸斜斜拿著那罐濃鹼。

「這是化學灼傷，」泰勒說，「它痛起來比你痛過的任何燙傷還要痛。比一百根香菸還要痛。」

那個吻在我的手背閃閃發亮。

「你就要有個疤了，」泰勒說。

「只要有足夠的肥皂，」泰勒說，「你就可以炸掉全世界。現在記住你答應我的事。」

然後泰勒倒出手上的那罐濃鹼。

---

❶ 莎莎・嘉寶（Zsa Zsa Gabor）：好萊塢老牌影星。

❷ 義大利有些地區因為火山熔岩地質的特性，會釋放二氧化碳，在地表堆積約五十公分的高度，貓狗類因此致死，人類卻沒事。

❸《娃娃谷》（*Vally of the Dolls*）：一九六七年的經典老片，改編Jacqueline Susann的原著小說，描寫三位年輕女演員的好萊塢星路歷程，主題曲由Dionne Warwick演唱。

❹ 亦稱彼岸花。

❺ 奎師納（Hari Rama Krishna）：Hari在梵文中意為光明、黃金、獅子等；Rama在梵文中意為喜悅、歡愉、吉利等，這兩個字皆為Krishna或溼婆（Shiva）的別名。Krishna的譯法則有黑天、克里希納以及奎師納等。

9

泰勒的唾液起了兩個功用。我手背上的濕吻圈住了燃燒中的濃鹼片。那是第一個功用。第二個功用是濃鹼只有在跟水混合了之後才會燃燒。或是跟唾液也行。

「這是化學灼傷，」泰勒說，「它痛起來比你痛過的任何燙傷還要痛。」

你可以使用濃鹼疏通淤塞的管道。

眼睛閉起來。

一塊濃鹼和水混成的漿糊可以燒穿一把鋁鍋。

濃鹼的水溶液可以融化一根木頭湯匙。

與水結合，濃鹼加溫到超過兩百度，在這加熱的過程中，它燒入了我的手背，然後泰勒把一隻手的指頭放在我的指頭上，我們的手攤開在我穿著那條血跡斑斑的褲子的大腿上，然後泰勒說要集中注意力，因為這是我人生中最偉大的時刻。

「因為直到目前為止所發生的一切都只是一則故事，」泰勒說，「現在之後所發生的也是一則故事。」

這是我們人生中最偉大的時刻。

濃鹼完完全全遵照泰勒吻的形狀在燃燒，它是我手上的一堆篝火或是一塊烙鐵或是一團熔化的原子爐，燃燒在一條我想像離我好幾英里遠的漫漫長路的盡頭。泰勒教我要回來跟他在一起。我的手則在遠離，小小的在路盡頭的地平線上。

想像那把火還在燃燒，只不過現在它已經在地平線之外了。一場日落。

「回歸痛苦，」泰勒說。

這就是那種他們在互助團體裡使用的導引式冥想。

想都不要想痛苦這兩個字。

導引式冥想對癌症有效，對這個也有效。

「看著你的手，」泰勒說。

別看你的手。

不要想灼燒或肉體或組織或者燒焦。

不要聽你自己哭。

導引式冥想。

你人在愛爾蘭。閉上你的眼睛。

你人在愛爾蘭，時間是離開大學後的暑假，你在靠近城堡邊邊的酒吧喝酒，每天一巴士一巴士的英美觀光客跑來這裡親吻布拉尼城堡上的巧言石❶。

「不要抗拒，」泰勒說。「肥皂與人類的犧牲是手牽手肩並肩的好兄弟。」

你跟著人潮離開酒吧，走過剛剛下雨、濕答答的車子靜靜駛離的街道。晚上了。一直走到有布拉尼石的城堡。

城堡的地板日漸腐朽，你爬上石階，每往上踏一步，四面八方的黑暗便越來越深沉。大家都在靜靜地爬著，靜靜地依照傳統做出小小的反叛動作。

「聽我說，」泰勒說。「睜開你的眼睛。」

「在古老的歷史中，」泰勒說，「人類的犧牲都是在河上游的山丘上進行的。成千成百的人。聽我說。犧牲完成，屍體放在柴堆上燃燒。」

「你可以哭，」泰勒說。「你可以去水槽開水沖手，但首先你必須了解你是愚蠢的，而且你會死。看著我。」

「有一天，」泰勒說，「你會死，在你了解這點之前，你對我沒有用。」

你人在愛爾蘭。

「你可以哭，」泰勒說，「但是每一滴落在濃鹼片的眼淚，都會在你的皮膚上留下一塊香菸燙傷的疤。」

導引式冥想。你人在愛爾蘭，時間是離開大學後的暑假，而也許這裡是你第一次想要搞無政府的地方。在你認識泰勒．德爾登之前好多好多年，在你第一次在英國奶油派裡頭撒尿之前，你學到了一個小小的反叛動作。

在愛爾蘭。

你站在城堡樓梯頂層的平台上。

「我們可以用點醋，」泰勒說，「來中和燃燒，不過首先你必須放棄。」

在好幾百人犧牲焚燒之後，泰勒說，濃厚的一股白色排出物從祭壇上爬了出來，往山下直流進河裡。

首先你必須要探底。

你在愛爾蘭城堡的平台上，平台四周盡是深不見底的黑暗，在你前頭，一手臂長的黑暗之外，有一堵石牆。

「雨，」泰勒說，「落在燃燒後的柴堆，年復一年，年復一年人們在上頭焚燒，雨水滲透灰燼，變成一種濃鹼的溶液，然後濃鹼與犧牲融化出來的脂肪結合，濃厚的一股白色肥皂排出物從祭壇的底部爬了出來，往山下爬到河裡去。」

你的身邊站滿了愛爾蘭男人，他們在黑暗中做著小小的反叛動作，他們走到平台的邊緣，然後站在深不見底的黑暗邊緣撒尿。

那些男人說，上啊，撒你那泡又濃又貴，維他命吃太多的新奇美國尿。又濃又貴，隨地拋棄。

「這是你人生中最偉大的時刻，」泰勒說，「你卻心不在焉錯過了這一刻。」

你人在愛爾蘭。

喔，接著換你在幹這檔事。喔，爽。真爽。你還聞得出阿摩尼亞和維他命B每日攝取量的味道。

肥皂流入河裡，泰勒說，經過幾千年的殺戮和雨水，古代人發現如果他們在那個地點洗衣服，衣服會變乾淨。

我對著布拉尼石撒尿。

「哎喲，」泰勒說。

我尿在我老闆受不了的那件沾滿乾血跡的黑色長褲裡。

你人在紙街上一棟租來的房子。

「這代表了某種意義，」泰勒說。

「這是個徵兆，」泰勒說。泰勒總是充滿了實用的資訊。沒有肥皂的文化，泰勒說，他們使用自己的尿以及他們養的狗的尿來洗衣服和頭髮，因為裡頭有尿酸和阿摩尼亞。

空氣中有醋的味道，長路盡頭你手上的火熄滅了。

空氣中有濃鹼把你的靜脈竇一節一節剝開一層皮的味道，還有尿跟醋構成的醫院嘔吐物的味道。

「屠殺那些人是正確的，」泰勒說。

你手背的一對唇印又紅又腫又亮，完完全全就是泰勒之吻的形狀。一點一點散落在吻四周的是有人哭泣後的菸燙傷疤。

「睜開你的眼睛，」泰勒說，他臉上淚光閃閃。「恭喜恭喜，」泰勒說。「你離探底又向前邁進了一步。」

「你得親眼看看，」泰勒說，「第一塊肥皂是用英雄做的。」

想像一下，那些產品測試使用到的動物。

想像一下，那些被射進太空的猴子。

「少了他們的死、少了他們的痛苦、少了他們的犧牲，」泰勒說，「我們將一無所有。」

❶ 據稱吻過該石即能花言巧語。

10

我把電梯停在樓層中間，好讓泰勒解開褲腰帶。電梯一停，堆在餐車上的湯碗便不再叮噹作響，等泰勒把大湯盤的蓋子一打開，一朵朵蘑菇狀的蒸汽升上了電梯天花板。

泰勒開始把他自己掏出來，然後說，「別看我，不然我射不出來。」

今天的湯是香根蛤蜊番茄濃湯。有了香根和蛤蜊，沒有人聞得出我們在中間加進了什麼。

我說，快點，然後我回頭看了看泰勒，他的最後半吋還吊在湯上頭。這看起來真的很好笑，好像一頭穿著服務生的白襯衫和蝴蝶結的大象正透過牠的小鼻管在喝湯。

泰勒說，「我說過，『別看。』」

在我面前的電梯大門有個臉孔大小的窗戶，看出去可以看到宴席服務區的穿堂。電梯現在停在樓層中間，我的視野大約是一隻爬在綠色油氈布上頭的蟑螂，從這個蟑螂層級看出去，綠色的穿堂向遠處延伸消失成一點，穿過一扇扇半掩的門，裡頭坐著大亨跟他們碩大的妻子正在啜飲一瓶瓶的香檳，彼此吆喝，身上的鑽石比我的想像還大。

上個星期，我跟泰勒說，那些帝國大廈律師在這裡開聖誕派對的時候，我讓那根硬起來，插進他們的橘子慕斯裡。

上個星期，泰勒說，他把電梯暫停，然後在為小聯盟茶會準備的整車甜品上頭放屁。

泰勒知道糕餅材料很會吸收臭氣。

在蟑螂的層級，我們可以聽見僱來的豎琴手彈奏著音樂，大亨們動起刀叉享用羊肉拼花，一口有整隻豬那麼大，滿嘴都是巨石遺跡般高聳的象牙。

我說，完事啦。

泰勒說，「沒辦法。」

要是湯變冷了，他們會叫廚房退回去。

那些大人物，他們會沒來由地叫廚房把東西退回去。他們只是想看你為了賺他們的錢跑破頭。在這種宴會派對的晚宴裡，他們知道小費是早就包含在帳單裡的，所以他們把你當作地上的泥巴踩。我們倒不真的乖乖把東西送回廚房。只要把巴黎風味馬鈴薯和荷蘭風味蘆筝在餐盤上稍微調動一下，拿去給別桌吃，一下子什麼鳥事都沒有。

我說，尼加拉瓜瀑布。尼羅河。在學校裡，我們都以為如果你把熟睡的人的手放到一盆熱水裡去，那個人就會夢遺。

泰勒說，「喔。」在我身後，泰勒說，「喔，爽。喔，我起來，了。喔，爽。真爽。」

經過服務區旁邊宴會廳中一扇扇半掩的門，金色黑色紅色的裙子沙沙作響，高大的裙襬不比舊百老匯劇院的金色絲絨垂幕矮。凱迪拉克黑頭車成雙成對川流不息，應該是擋風玻璃的地方盡是鞋帶。車子上方運轉著由辦公大樓所構成的一座城市，腰際綁著禮服腰帶。

別太多，我說。

泰勒和我，我們已經變成服務業裡的恐怖游擊隊。晚宴派對破壞者。飯店包辦派對宴席，當某個人想吃上一頓的時候，他們得到的服務會包括食物、美酒、瓷器、玻璃餐具和服務生。所有服務全包，只需要一張帳單。因為他們知道他們不能用小費來脅迫你，對他們來說你只是隻蟑螂。

泰勒，有那麼一次他做了一場晚宴派對。就是那次，泰勒變成了一個搗蛋服務生。那場晚宴派對初體驗，泰勒端魚上菜，在這個白色玻璃雲狀的房子裡，那房子似乎漂浮在城市之上，僅靠著不鏽鋼支架依附在山丘上。魚上了有段時間，泰勒正在沖洗裝義大利麵的餐盤，女主人手上旗正飄飄地拿著一張紙條走進廚房，她的手晃得真是厲害。透過她緊咬的牙齒，夫人想知道有哪個服務生看見誰走過通往房間臥室的那條走廊？特別是有哪位女客走過？還是男主人？

在廚房裡，清洗和堆放餐盤的是泰勒、亞伯特、小連、傑瑞，還有一個實習廚師萊斯理，他正在替填了蝦子和蝸牛的朝鮮薊菜心塗上一層奶油。

「房子的那部分我們是不准去的，」泰勒說。我們穿過車庫進來的。照理說我們只能看到車庫、廚房，以及餐廳。

男主人從女主人身後走了進來，拿走她顫抖手上的那張紙條。「會沒事的，」他說。

「除非知道這是誰幹的，」夫人說，「不然我要怎麼面對這些人？」

男主人一隻手平平地擺在女主人白色絲樣晚禮服的後背，那白絲與整棟房子的顏色很相稱，夫人突然之間挺直了腰桿，撐起了肩膀，平靜了下來。「他們是妳的客人，」他說。「而且這場派對很重要。」

這場景看起來真的很好笑，就像個腹語術師讓木偶頓時活過來一樣。夫人看了看她的丈夫，男主人輕輕推了一把，將妻子帶回餐廳。紙條掉在地板上，雙向的廚房門沙、沙擺動了幾下，把紙條掃到了泰勒腳邊。

亞伯特說，「上面寫什麼？」

小連走了出去，開始收拾魚肉這道菜。萊斯理把裝了朝鮮薊菜心的托盤送進烤箱，然後說，「上面到底寫什麼？」

泰勒直直看著萊斯理，紙條連撿都沒撿，然後說，「『在妳許多高雅的香水裡，至少有一瓶我在裡頭放了尿。』」

亞伯特笑了。「你在她的香水裡撒尿？」

不，泰勒說。他只是把紙條塞在瓶子之間而已。在浴室的梳妝台上，她大約有一百個瓶子在那裡乖乖站著。

萊斯理笑了。「所以你沒真撒？」

「沒有，」泰勒說，「不過她不知道。」

接下來一整夜，在那場淩空的皎白玻璃晚宴上，就在女主人的面前，泰勒不停地收拾冷掉的朝鮮薊菜心餐盤，接著是冷掉的小牛肉配冷掉的公爵蘋果，接著是冷掉的波蘭燜白菜，然後泰勒還不停地替她倒滿酒杯，次數不下一打。夫人坐著看著她的女客人一個個享用食物，直到收掉冰沙盤而仙桃蛋糕還沒上菜的時候，夫人的主桌位置突然空無一人。

當男主人走進廚房問亞伯特可不可以來幫他搬個重物的時候，他們正在清洗客人離開之後的殘席，正在把冷藏庫和瓷器裝上飯店的卡車。

萊斯理說，也許泰勒做得太過分了。

泰勒大口一張，連珠砲似的霹哩啪拉，泰勒說，只為了製造一盎斯比黃金還貴的香水，他們用如何如何的手段屠殺鯨魚。大多數人都沒看過鯨魚，萊斯理在高速公路邊的公寓房子裡有兩個小孩，而夫人浴室梳妝台上的瓶瓶罐罐隨便哪一個都比我們一年能賺到的還要值錢。

亞伯特在幫忙男主人之後走回來打電話報警。亞伯特用手遮住話筒說，媽的，泰勒不應該留下那張紙條的。

泰勒說，「好呀，你去跟宴席主管講啊。把我開除。這份狗屁工作，我可沒有簽下什麼賣身契。」

大家低著頭看腳。

「被開除，」泰勒說，「對我們這些人來說是再好不過了。那樣子的話，我們就可以停止提心吊膽，好好過我們的日子。」

亞伯特在電話裡說我們需要救護車並留下地址。在等待回話的時候，亞伯特說女主人現在真的是一團糟。亞伯特得把她從馬桶邊抬起來。男主人不能去扶她起來，因為夫人說在她香水瓶裡撒尿的人就是他，然後她說他跟今晚的一個女賓搞緋聞，存心要把她逼瘋，然後她說她好煩，這些自稱是她朋友的人讓她心好煩。

男主人不能去扶她，因為夫人穿著白色晚禮服在馬桶後面跌了一跤，手上揮著一瓶破了大約一半的香水。夫人說她會割掉他的喉嚨，要是他敢碰她一下的話。

泰勒說，「酷。」

亞伯特全身臭死了。萊斯理說，「亞伯特，親愛的，你真臭。」

從那間浴室走出來是不可能不臭的，亞伯特說。每瓶香水都碎在地上，馬桶堆滿了其他各種瓶瓶罐罐。他們看起來像是冰，亞伯特說，就像是我們在最華麗的飯店派對上頭必須填滿小便斗用的那種冰。浴室臭死了，地板上磨磨蹭蹭的全是不肯融化的冰粒，當亞伯特把夫人扶起身來的時候，她的白色晚禮服濕淋淋的沾滿黃色的污漬，夫人把破碎的瓶子往男主人扔去，在香水和碎玻璃間滑了一跤，一屁股坐在她的手掌上。

她哭著流著血，蜷曲在馬桶邊。喔，好刺啊，她說。「喔，華特，好刺啊。越刺越痛了，」夫人說。

香水，那些泡在她雙手傷口裡面的往生鯨魚，使她感到刺痛。

男主人讓夫人靠在他身上站起來，夫人舉起手彷彿在祈禱，但那也不過就是一雙分隔了一英寸的手，鮮血從手掌流下，流下手腕，穿過一副鑽石手鍊，直到她的手肘，在那裡不停滴著。

然後男主人說，「會沒事的，妮娜。」

「華特，我的手，」夫人說。

「會沒事的。」

夫人說，「誰會這樣對我？誰會恨我恨成這樣？」

男主人說了，跟亞伯特，「可以麻煩你叫輛救護車嗎？」

那就是泰勒作為服務業恐怖分子的第一件任務。游擊服務生。最低薪資破壞者。泰勒這樣做了好幾年了，但他說分享的快樂大過獨自擁有。

亞伯特的故事說到尾的時候，泰勒笑笑說，「酷。」

場景拉回飯店，當下，在這輛停在廚房與宴會地板中間的電梯裡，我跟泰勒說我怎樣在皮膚科醫生大會上把鼻涕擤在鱒魚凍上頭，然後有三個人跟我說魚肉凍太鹹了，有一個人跟我說那真是人間美味。

泰勒在湯鍋上抖了抖最後幾滴，然後說他射乾了。這檔事幹起來，那種法國礦泉水做底的冷湯比較容易，主廚要是做了一道真正的西班牙冷蔬菜湯也可以。換做是上面有一層融化乾乳酪的洋蔥湯，那就絕對不可能。要是在這裡吃飯，我自己就會點洋蔥湯。

我們的點子已經快玩完了，泰勒和我。在食物上動手腳一定會無聊的，幾乎打從一開始就注定是這樣。然後我聽到某個醫生啊律師啊管他是誰的說，肝蟲可以在不鏽鋼上面存活六個月。你好好想一想，要是換成了蘭姆酒水果奶油布丁，這隻蟲可以活多久。

或者是鮭魚焙蔬菜。

我問醫生哪裡可以找到這些肝蟲，他酒喝得夠多了，一古腦地笑。

所有的東西都跑到醫療材料廢棄廠去了，他說。

然後他一古腦地笑。

所有的東西。

醫療材料廢棄廠聽起來像是探底了。

一隻手放在電梯控制板上，我問泰勒他準備好了沒有。我手背上的疤腫得又紅又亮，一對嘴唇完完全全是泰勒之吻的形狀。

「一秒鐘，」泰勒說。

那鍋番茄湯肯定很燙，因為泰勒塞回褲底的那根彎彎的東西被煮得紅通通的，像隻超級大明蝦。

II

在南非這塊魔幻大地上，如果我們涉溪的話，會有小小的魚兒游進泰勒的尿道。那種魚身上有鐵絲網般的背鰭，會往後張開，一旦游進泰勒的身體裡，那種魚就會來個清倉大掃除，準備好好下起蛋來。我們消磨週六夜晚的方式，有好多好多種更糟糕的可能。

「我們處理瑪拉母親的方式，」泰勒說，「原本有可能變得更糟糕。」

我說，閉嘴。

泰勒說，法國政府原本有可能把我們帶到巴黎郊外的一處地下建築物，任由連醫生都稱不上的半吊子技工削掉我們的眼皮，這是一種噴氣式日曬油毒性測試程序的一部分。

「這種事是會發生的，」泰勒說。「翻開報紙自己讀了就知道。」

更糟糕的其實是我知道泰勒想對瑪拉的母親幹什麼，話說回來，從我認識他到現在，泰勒第一次真的有錢可以拿來惡搞。泰勒真的賺了大錢。百貨公司打過電話，說在聖誕節前要訂購兩百條泰勒做的黑糖面皂。一條二十美金建議零售價，我們就有錢可以在週末夜出去玩。有錢修理瓦斯管的漏氣。有錢去跳舞。不用再擔心錢了，也許我可以把工作辭掉。

泰勒把他自己叫做紙街肥皂公司。大家都說那是他們用過最棒的肥皂。

「原本的情況可能更糟糕，」泰勒說，「你可能一不小心就把瑪拉的母親給吃了。」

透過一嘴的宮保雞丁，我說你他媽的給我閉嘴。

我們這個週六晚去的地方是輛一九六八年出廠的Impala轎車前座，兩個輪胎爆了的這輛車就停在一處二手汽車停車場的最前排。泰勒和我，我們講著話，喝著罐裝啤酒，這輛Impala的前座比大多數人家裡的沙發都還要來得大。這些車子在這條大街的前後囤積，業界都把這些停車場叫做汽車菜市場，在這裡每輛車的價錢差不多都是兩百塊美金左右，白天的時候，經營這些停車場的吉普賽人會在他們的夾板辦公室四周站著抽著又長又細的雪茄。

這些車都是小孩子在唸高中第一次開車時的熱門車種：Gremlin和Pacer，Maverick和Hornet，Pinto，International Harvester小發財，底盤低的Camaros，Duster，和Impala。人們愛過然後拋棄的車子。賤賣的動物。舊衣回收的伴娘禮服。刮傷的灰色紅色黑色主要儀表板和音響面板，還有成堆沒有人有時間打磨的車體灰泥。塑膠木材和塑膠皮革和塑膠噴漆內裝。晚上的時候，吉普賽人甚至懶得鎖上車門。

大街上來來往往的頭燈掃過Impala全覆蓋式大銀幕擋風玻璃上用油漆標示出來的價格。好好看著美利堅共和國。價錢是九十八塊錢。從裡面看出去，看起來像是八十九分錢。零、零、小數點、八、九。廣大美國人民拜託你打電話詢價。

在這裡大部分的車子都在一百塊錢上下，所有車子的駕駛窗上都掛有「如現狀」的銷售契約。

我們選了Impala，因為如果我們週六晚想睡在車上，這輛車的座位最大。

我們吃著中國菜，因為我們沒辦法回家。要不就是睡在這裡，要不就是找個通宵的舞廳熬上一晚。我們沒有去舞廳。泰勒說音樂太吵了，尤其是低音的部分，那會把他的生理節奏搞亂。上次我們出去玩的時候，泰勒說太吵的音樂讓他便祕。這點，再加上舞廳吵得不能講話，幾杯下肚之後，每個人都覺得自己是別人注意的焦點，但又完完全全跟別人斷線。

你是英國謀殺奇案裡的屍體。

我們今晚在車上睡覺，因為瑪拉到房子來威脅說她要叫警察把我抓起來，說我把她母親給煮了，然後瑪拉在房子裡面四處砸東西，尖聲罵我是妖怪是食人魔，然後她在《讀者文摘》和《國家地理雜誌》堆裡踢來踢去，然後我就把她留在那裡。長話短說。

經過麗晶飯店吞食贊安諾的意外蓄意自殺之後，我想瑪拉不會叫警察，可是泰勒認為在外面睡也很好，就今晚。以防萬一。

以防萬一瑪拉把房子給燒了。

以防萬一瑪拉出去找了把槍。

以防萬一瑪拉還在房子裡。

以防萬一。

我試著定下心來：

望著白月臉
星星從未顯現憤怒
那、那、那、沒了

在這裡，車子在大街上跑，手上拿著啤酒坐在Impala裡面，冰冷堅硬的Bakelite駕駛盤直徑大概有三英尺，破碎的黑膠座椅透過牛仔褲刺著我的屁股，泰勒說，「再一次。告訴我到底發生了什麼事。」

有好幾個星期我都不管泰勒在動什麼腦筋。有一次，我跟泰勒一起去西部公會的辦公室，看著他給瑪拉的母親發電報。

皺紋多得難看（停）請幫我（完）

泰勒給行員看了瑪拉的圖書館借書卡，在電報單上簽了瑪拉的名字，然後叫著說，沒錯，瑪拉有時候也可以是男生的名字，然後那個行員就自個兒忙著自己的事。

當我們離開西部公會的時候，泰勒說如果我愛他，我就會信任他。這不是我需要知道的事情，泰勒跟我說，然後帶我到嘎邦佐餐廳吃鷹嘴豆泥。

真正讓我害怕的倒不是那封電報，而是跟泰勒一起出去吃東西這件事。從來沒有，就是沒有，泰勒從來沒有為任何東西付過現金這種東西。要衣服，泰勒去健身房和飯店失物招領處領衣服。他這點比瑪拉要好，瑪拉都去自助洗衣店的乾衣機那裡偷牛仔褲，然後賣給收購二手牛仔褲的，一條十二塊。泰勒從來不在餐廳吃飯，瑪拉也沒有皺紋。

沒什麼原因，泰勒送了一盒十五磅重的巧克力給瑪拉她媽。

這個週六晚可能會變得更糟的另一種方式，泰勒在Impala車裡跟我說，是棕色的隱士蜘蛛。牠咬你的時候，牠不只會注射毒液，還有一種消化酵素或是消化酸，把傷口周圍的組織溶解掉，幾乎就是把你的手臂或是大腿或是你的臉給融化了。

今晚那一切開始的時候，泰勒就躲了起來。瑪拉出現在房子裡。連門都沒敲，瑪拉側身溜進前門，然後大叫，「敲，敲。」

我正在廚房讀著《讀者文摘》。我整個人不知所措。

瑪拉大喊，「泰勒。我可以進來嗎？你在家嗎？」

我大喊，「泰勒不在家。」

瑪拉喊，「別那麼壞。」

至此，我人已經到了前門。瑪拉站在門廳，帶著一包聯邦快遞的隔夜快遞包，然後說，「我需要在你的冰箱裡放點東西。」

我尾隨著她往廚房走去的後腳跟，說，不行。

不行。

不行。

不行。

她想都別想要在這棟房子裡堆她的垃圾。

「但是，我的小可愛，」瑪拉說，「我在飯店沒有冰箱，而且你說可以的啊。」

沒有，我沒說。我最不希望見到的事就是讓瑪拉搬進來，就算是收垃圾，也是一次一件啊。

瑪拉在廚房桌子上把聯邦快遞的快遞包拉開，她從內裝的保麗龍花生米顆粒中拿起一個白白的東西，然後在我的面前晃來晃去。「這不是垃圾，」她說。「這就是你老掛在嘴邊的我的母親，所以你給我他媽的滾開。」

瑪拉從包裹裡拿出來的東西，就是一個三明治袋子，那種泰勒用來煮獸脂做肥皂的白白東西。

「事情有可能更糟，」泰勒說，「要是你不小心吃了這些三明治袋子裡的東西。要是你哪天半夜起來，把那個白色膠狀物擠出來配上加州洋蔥湯調味料，一起做成沾醬沾洋芋片給吃了。或是沾花椰菜。」

那時候，當瑪拉和我站在廚房的時候，全世界我最不想看到的一件事情，就是讓瑪拉把冰箱打開。

我問，她要那些白白的東西做什麼？

「巴黎唇，」瑪拉說。「年紀越大，你的嘴唇就越往嘴巴縮。我在為我的膠原質嘴唇注射做準備。我在你的冰箱存了幾乎有三十磅的膠原質。」

我問，她想要多大的嘴唇？

瑪拉說，她只怕動手術。

聯邦快遞包裹裡面的東西，我在Impala上面跟泰勒說，跟我們做肥皂所使用的東西一模一樣。打從人們發現矽膠是危險物質後，膠原質就變成搶手貨，用來打入人體，撫平皺紋或是豐滿唇形和臉頰。根據瑪拉的解釋，大部分你拿得到的廉價膠原質是經過消毒和處理過的牛脂，可是那種廉價的膠原質在你的身體裡無法持久。不管你把它打在哪裡，好比你的嘴唇好了，你的身體都會產生排斥，把它擠掉。六個月後，你的嘴唇又會是薄的了。

最好的膠原質，瑪拉說，是你自己的脂肪，從你的大腿內側裡抽出來的，處理清洗之後重新打入你的嘴唇。看你喜歡打在哪裡。這種膠原質就能持久。

家裡冰箱裡放的東西，就是瑪拉的膠原質信託基金。每次她媽媽多長出塊肥肉，她就會把它抽出來打包。瑪拉說這個過程叫做拾穗。如果瑪拉的母親自己不需要那些膠原質，她就會送給瑪拉。瑪拉自己從來沒有肥肉，她媽媽則認為，比起讓瑪拉去用那種廉價的牛脂，家族膠原質要好得多了。

大街上的街燈透過車窗上的銷售契約把「如現狀」的字樣印在泰勒的臉頰上。

「蜘蛛，」泰勒說，「會在你身上下蛋，然後幼蟲會在你的皮膚下打洞。你的人生就是可以變得那麼糟。」

現在，沾了溫暖濃郁醬汁的杏仁雞塊，嚐起來像是從瑪拉母親的大腿上抽出來的那種東西。

就是那個時候，在廚房和瑪拉站在一起的時候，我才懂泰勒到底幹了什麼。

皺紋多得難看。

我也才懂他為什麼要送瑪拉的母親糖果吃了。

請幫我。

我說，瑪拉，妳不會想把冰箱打開來的。

瑪拉說，「幹嘛？」

「我們從來沒吃過紅肉，」泰勒在Impala上面跟我說，他又不能用雞油，用了的話肥皂無法結塊。「這東西，」泰勒說，「讓我們發大財。我們用那個膠原質來付房租。」

我說，你早該跟瑪拉講。現在她以為是我幹的。

「皂化，」泰勒說，「是製造好肥皂所需要的化學反應。雞肥肉不行，任何鹽分太多的肥肉都不行。

「聽我說，」泰勒說。「我們有張大訂單要趕。我們應該做的就是送瑪拉的媽媽一些巧克力，或許再送她一些水果蛋糕。」

我不覺得那會有用，我再也不這麼覺得。

長話短說，瑪拉把冰箱打開了看。好吧，剛開始，是有場小小的混戰。我試著阻止她，她手上拿的袋子掉了，在油氈布上摔破了，我們兩人在油滑的白色物質上面摔跤，站起來的時候互相卡住對方。我從後面抱住瑪拉的腰，她的黑頭髮在我臉上抽鞭，她的手臂釘在身體兩側，我則一遍又一遍地說，不是我。不是我。不是我。

我沒幹這檔事。

「我的母親！你把她撒得到處都是！」

我們需要製造肥皂，我的臉壓在她的耳後說。我們需要洗我的褲子，付房租，修理瓦斯管的漏洞。不是我。

是泰勒。

瑪拉高聲尖叫，「你在講什麼？」然後鑽進她的裙子扭了出去。我滿手抱著瑪拉的印度印花棉裙，東摸西抓地想從油滑的地面上站起來，瑪拉則穿著她的內褲和農婦上衣，踩著她的船形鞋跟，手一扯就把冰箱的冷凍槽打開，裡面並沒有她的膠原質信託基金。

裡面有兩顆舊的手電筒電池，就只有這樣了。

「她在哪裡？」

我已經在向後爬，我的手我的鞋在油氈布上滑來滑去，我的屁股則在骯髒的地板上擦出了一條乾淨的通道，離瑪拉和冰箱遠遠的。我把裙子舉起來，這樣子我跟她講話的時候就不用看見她的臉。

真相。

我們用它來做肥皂。她。瑪拉的母親。

「肥皂？」

肥皂。你把肥肉煮沸。你把濃鹼混進去。你就得到肥皂。

當瑪拉尖叫的時候，我把裙子丟到她的臉上，拔腿就跑。我摔了一跤。我拔腿就跑。

一圈圈繞著樓梯，瑪拉追著我跑，在角落滑了一下，推著窗框獲得加速度。摔跤。在壁紙的花朵間留下油膩膩的指印和地板的泥巴。摔下來撞到護壁板，重新站起來，繼續追。

瑪拉尖叫著，「你把我母親給煮了！」

泰勒把她母親給煮了。

瑪拉尖叫著，她的指甲始終緊跟在我身後，就差那麼一把。

泰勒把她母親給煮了。

「你把我母親給煮了！」

前門還開著。

然後我就出了前門，瑪拉在我身後的門廊上尖叫。我的腳在水泥人行道上不會打滑，我一直不停地跑。直到我找到泰勒，或者是泰勒找到我，然後我告訴他發生了什麼事。

一人一罐啤酒，泰勒和我平躺在前後座，我在前座。即使是現在，瑪拉說不定仍在房子裡，拿雜誌砸牆壁，尖聲吼說我是個混蛋，我是個狗娘養的資本主義雙面吸血吃屎大怪物。瑪拉和我之間橫越了好幾英里的夜晚提供有昆蟲、黑素瘤和嗜肉的病毒。我身處的地方還不算太壞。

「一個人被閃電打到的時候，」泰勒說，「他的頭會被燒成一顆冒煙烤焦的棒球，他的拉鍊會熔化封死。」

我說，今晚，我們探底了沒？

泰勒往後一躺，問說，「如果瑪莉蓮·夢露現在還活著，她會幹嘛？」

我說，晚安。

這位大明星碎成一片片從車頂垂了下來，然後泰勒說，「她會用力抓著她的棺材板。」

12

我老闆站在離我桌子太近的地方，臉上微微笑，他的嘴唇細細緊緊地拉在一起，他的鼠蹊部就在我的手肘邊。正在寫一場收回改正計畫的封面信函的我抬起頭來看他。這些信開頭都是這麼寫的：

「遵照全國汽機車安全法案的要求，函寄閣下本信。我們認定有某項缺陷存在……」

這個星期我跑了一遍責任額公式，首度A乘以B乘以C的結果大於進行收回改正的成本。

這個星期，有問題的是一片小小的塑膠夾子，用來夾住你家汽車雨刷上頭的橡膠刷片。隨時可以拋棄的品項。只有兩百輛汽車受到影響。幾乎談不上有任何勞力成本。

上個星期的狀況比較典型。上個星期的問題是在處理皮革的時候採用了某種已知會導致畸形的物質，這種商標名叫做Nirret的人工合成非法品，只有第三世界的皮革廠目前還在使用。這個東西的毒性之強，強到任何懷孕的婦女只要接觸到，就會造成胚胎畸形。上個星期，沒有人打電話給交通部。沒有人進行收回改正。

新的皮革乘以勞力成本乘以行政成本的結果會比我們第一季的獲利還要多。如果有人發現我們的錯誤，不管我們付多少錢給傷心的家庭了事，都不會多過重新裝修六千五百輛真皮內裝所需要的花費。

可是這個星期，我們就要進行一次收回改正。這個星期我的失眠也恢復了。失眠，現在整個世界都打算在我身邊停下來，在我的墳墓上傾倒垃圾。

我的老闆打灰色領帶，所以今天一定是星期二。

我的老闆拿了一張紙放在我的桌上，問我是不是在找什麼東西。這張紙被人忘在影印機上，他說，然後開始讀了起來：

「鬥陣俱樂部規定第一條，不可以談論鬥陣俱樂部。」

他的眼睛從紙的一邊橫掃到另一邊，然後他輕聲笑了起來。

「鬥陣俱樂部規定第二條，不可以談論鬥陣俱樂部。」

我聽見泰勒的話語從我的老闆口中說出來，老闆大人把他的半生經歷和家族照片展示在辦公桌上，他夢想著提早退休，希望冬天在亞利桑那沙漠的某處拖車公園度過。我的老闆，他的襯衫漿得特別白，每個週二午餐後一定要去剪頭髮，他現在看著我，然後他說：

「我希望這不是你的。」

我是熱血沸騰的憤慨老王。

泰勒叫我把鬥陣俱樂部的規定用電腦打出來，影印十份給他。不是九份，不是十一份。泰勒說，十份。我還是失眠，記不得三個晚上以來有沒有睡過覺。這張一定是我打的原稿。我影印了十份，卻忘了原稿。影印機的狗仔隊閃光燈打在我臉上。每件事情都有了失眠的距離，一份拷貝的拷貝的拷貝。你什麼都碰不到，什麼也都碰不到你。

我的老闆讀著：

「鬥陣俱樂部規定第三條：一場兩個人。」

我們沒有一個人眨眼。

我的老闆讀著：

「一次一場。」

除非現在就睡覺，我已經三天沒睡覺了。我的老闆在我的鼻子下把那張紙晃了晃。你覺得如何，他說。這是我利用上班時間玩的小遊戲嗎？給你薪水就要你全副精神都拿出來，不是浪費時間在玩戰爭小遊戲。給你薪水也不是叫你濫用影印機。

你覺得如何？他在我的鼻子下把那張紙晃了晃。我的想法是什麼，他問，有公司員工把時間花在某種小小的幻想世界上，他該怎麼做。如果我是他，我會怎麼做？

我會怎麼做？

我臉頰上的洞，我眼睛四周烏青的腫包，還有我手背上泰勒那口又紅又腫的吻痕，一份拷貝的拷貝的拷貝。

猜測。

十份鬥陣俱樂部規定，泰勒要幹嘛？

印度神牛。

我會怎麼做，我說，我會非常小心自己在跟誰談論這張紙的內容。

我說，讀起來像是某個危險的瘋狂殺手寫的，而且這個衣冠楚楚的神經病隨時都可能在上班時間抓狂，拿著瓦斯推進的Armalite AR-180半自動機關槍從一個辦公室掃射到另一個辦公室。

我的老闆只是盯著我看。

那小子，我說，可能每天晚上待在家盯著他的小小鼠尾檔案夾看，在他每一次的出草紀錄上面打勾勾。如此，等他哪天早上跑去上班，對著他喋喋不休、毫無效率、小氣、抱怨、拍馬屁、沒屁眼的老闆來上一輪的時候，那一輪將會開疆闢土，達姆彈將在你的心裡大片開出繁花，把你發臭的膽識一古腦從脊椎骨裡打出去。想像你的能量中心就此打開，在香腸皮包得好好的小腸中慢動作地炸了開來。

我的老闆把那張紙從我的鼻子下面拿了開來。

去吧，我說，讀更多些。

真的，我說，那張紙聽起來很引人入勝。一個病得口吐白沫的心靈傑作。

然後我笑了。我臉頰上的洞的邊緣看起來像是個小屁眼，跟狗的牙齦一樣烏青。在我眼睛四周脹得緊緊的皮膚感覺起來像是上了漆。

我的老闆只是盯著我看。

讓我幫你一把，我說。

我說，鬥陣俱樂部規定第四條，一次一場。

我的老闆看著那些規定，然後看著我。

我說，第五條，鬥陣的時候不穿鞋子不穿上衣。

我的老闆看著那些規定，然後看著我。

也許，我說，這個病得口吐白沫的他媽的會使用老鷹阿帕契的卡賓槍，因為一支阿帕契可以裝三十發的彈夾，重量只有九磅。Armalite只能裝五輪的彈夾。有了三十發的彈夾，我們這位徹底抓狂的英雄可以撐到紅木家具那一排，然後把每個副總幹掉之後還能剩下一個彈夾用來伺候每位總監。

泰勒的話從我的嘴巴裡說出來。我從前還真是個好人呢。

我只是看著我老闆。我老闆有一雙好藍好藍、矢車菊般的淺藍色眼睛。

J and R 68半自動卡賓槍有能裝三十發的彈夾，重量只有七磅。

我的老闆只是看著我。

很嚇人，我說。這可能是個他已經認識多年的人。說不定這個人對他的一切一清二楚，住哪裡，老婆在哪裡工作，小孩子去哪裡上學。

整件事很累人，突然間變得非常非常無聊。

泰勒幹嘛要十份鬥陣俱樂部的規定？

我不需要開口說出來的是，我知道那些真皮內裝會害人生出畸形小孩。我知道那些看起來品質好到可以騙過採買的冒牌煞車排線，在僅僅跑了兩千英里之後就會失控。

我知道那些空調用可變電阻器產生的高溫，足以燒掉擺在置物箱裡的地圖。我知道有多少人被活活燒死，就因為燃油噴射器會暴衝。我看過有人的腿從膝蓋以下被鋸斷，因為加速動力推進器開始爆炸，葉片在火光中穿透乘客的座位。我實地看過燒掉的汽車，也看過報告，裡頭把機件故障記錄成「原因不明」。

不，我說，那張紙不是我的。我用兩個指頭夾住那張紙，然後把它從他的手上抽掉。紙的邊緣一定割到他的大拇指，因為他的手立刻往他的嘴裡飛奔，而他正在用力地吸吮，眼睛張得老大。我把紙張團成一粒球，投進我辦公桌旁邊的垃圾桶。

也許，我說，你不應該把你撿到的每一件垃圾都拿來給我。

星期天晚上，我去參加「雄風不減大團結」，英國國教三一會的地下室幾乎空無一人。只有大鮑，還有我拖著裡裡外外挫傷拉傷的每一根肌肉前來，但是我的心臟仍然狂跳，我的思緒在腦裡形成一股龍捲風。這就是失眠。整個晚上，你的思緒都散在空中。

整個晚上漫漫長長，你都在想：我是睡著的嗎？我已經睡著了嗎？

從受屈辱到受傷害，大鮑的雙臂從他的T恤袖子冒了出來，肌肉賁結，閃閃發亮看起來真結實。大鮑笑了，看到我他好高興。

他以為我死了。

是呀，我說，我也以為。

「嗯，」大鮑說，「我有好消息。」

大家都到哪裡去了？

「那就是好消息，」大鮑說。「這個團體解散了。我只是下來通知任何可能出現的人而已。」

我閉著眼睛攤在其中一張從廉價商店買來的花布沙發。

「好消息是，」大鮑說，「有人成立了新團體，可是這個新團體的規定第一條是你不可以談論它。」

喔。

大鮑說，「規定第二條是你不可以談論它。」

喔，他媽的。我睜開我的眼睛。

幹。

「這個團體叫做鬥陣俱樂部，」大鮑說，「每個星期五晚上在城的另一邊一間打烊了的車庫聚會。星期四晚上，還有另一個鬥陣俱樂部在鄰近的車庫進行。」

那兩個地方我都不知道在哪裡。

「鬥陣俱樂部規定第一條，」大鮑說，「你不可以談論鬥陣俱樂部。」

星期三、星期四，還有星期五晚上，泰勒是個電影投影機操作員。我看過他上星期的工單。

「鬥陣俱樂部規定第二條，」大鮑說，「你不可以談論鬥陣俱樂部。」

星期六晚上，泰勒跟我一起參加鬥陣俱樂部。

「一場只能兩個人。」

星期天早上，我們全身打散了地回家，整個下午都在睡覺。

「一次只能鬥一場，」大鮑說。

星期天和星期一晚上，泰勒在做服務生。

「鬥陣時不穿上衣或鞋子。」

星期二晚上，泰勒在家做肥皂，用面紙包起來，把貨送出去。紙街肥皂公司。

「鬥陣，」大鮑說，「要鬥多久就鬥多久。這些規定都是那個發明鬥陣俱樂部的小子發明的。」

大鮑問說，「你認識他嗎？」

「我自己從來沒見過他，」大鮑說，「不過那小子的名字叫做泰勒．德爾登。」

紙街肥皂公司。
我認識他嗎？
不認識，我說。
也許。

13

等我到達麗晶飯店的時候，瑪拉人在大廳裡穿著浴袍。瑪拉打電話到辦公室找我，問我可不可以不去健身房、圖書館或是乾洗店，跳過我原先計畫下班要做的不管什麼事，直接來見她。

這就是為什麼瑪拉會打電話給我，因為她恨我。

她一句話都沒提起她的膠原質信託基金。

瑪拉說的是，我可不可以幫她一個忙？瑪拉今天下午躺在床上。瑪拉靠著吃送給她死去鄰居的慈善便當過日子；瑪拉收下便當說他們睡著了。長話短說，今天下午瑪拉只是躺在床上，等中午到兩點之間會送來的慈善便當。瑪拉已經兩年沒有健保，所以她老早就停止注意，可是今天早上她注意了一下，似乎長了塊瘤，她手臂下方位於瘤的旁邊的筋結既軟又硬，她又不能跟她愛的人講，因為那樣子會把他們嚇一跳，她又付不起錢去看醫生，要是沒事怎麼辦，可是她需要找個人來談，那個人得幫她看看。

瑪拉棕色眼睛的顏色看起來像是一頭在火爐加熱之後丟進冷水的動物。他們把這個過程叫做硬化處理或是金屬鍍錫或是強化處理。

瑪拉說如果我能幫她看看，那件膠原質的事她就算了。

我想她沒有打電話給泰勒是因為她不想嚇他。我在她的帳簿裡是中性的，我欠她。

我們上樓到她的房間去，然後瑪拉告訴我為什麼在野外你看不到一頭老掉的動物，因為一旦開始老化，動物就會死。如果牠們生病或腳步慢了下來，某種更強壯的東西就會把牠們給殺了。動物是不應該變老的。

瑪拉在她的床上躺了下來，然後解開她的浴袍，然後說我們的文化把死亡塑造成某種不對的東西。老掉的動物應該算是不自然的例外。

怪胎。

我跟她說我在大學的時候有過一粒疣，瑪拉的身子發冷在出汗。長在我的陰莖上，不過我用的字眼是，雞雞。我去醫學院想把它割除。那粒疣。後來，我跟我父親講。這是過了好多年之後，然後我爸笑著跟我說我是個笨蛋，因為那樣的疣是大自然的催情入珠。女人愛死它，上帝幫了我一個忙。

我跪在瑪拉的床邊，雙手還跟外面一樣冷，一點一點感覺瑪拉的冰冷肌膚，一寸一寸在指頭間磨蹭少許的瑪拉，瑪拉說那些上帝的催情入珠疣會給女人帶來子宮頸癌。

我就這樣坐在醫學院看診房的紙帶子上面，一名醫科學生替我的雞雞噴上液態氨，八名醫科學生在旁邊看。沒有醫療保險的下場就是這樣。只不過他們不管它叫雞雞，他們說陰莖，而不管你管它叫什麼，拿液態氨來噴，你乾脆直接拿濃鹼來燒算了，就有那麼痛。

瑪拉聽了大笑，直到她看到我的手指停了下來。好像我可能發現了什麼似的。

瑪拉停止了呼吸，她的胃部變得像只鼓，她的心臟像個拳頭從緊繃的鼓皮裡面向外敲打。不過錯了，我停下來是因為我在講話，我停下來是因為，有那麼一分鐘，我們兩個人都不在瑪拉的房間了。我們到了多年前的醫學院，坐在刺人的紙布上，液態氨正在火燒我的雞雞，有個醫學院學生看見我赤著腳，馬上兩大箭步離開房間。那個學生跟著三個正牌醫生回來，然後那些醫生用手肘把拿著液態氨的那個人推到一邊。

某位正牌醫生把我右邊的光腳丫抬高，塞到另一個正牌醫生的面前。那三個醫生轉了轉戳了戳，然後用拍立得替那隻腳拍照，一切彷彿那隻腳的主人其他部位都不存在，管他衣衫整不整、大半粒上帝賜予的寶貝在那兒凍著呢。只有那隻腳，然後其他醫學院學生全都擠破頭地爭相目睹。

「多久了，」有個醫生問，「你腳上這塊紅斑有多久了？」

那個醫生的意思是指我的胎記。我右腳上有那麼一塊，我父親笑說看起來像是暗紅色的澳洲加上旁邊小小的紐西蘭。我跟他們這麼一講，馬上就發生人間蒸發。我的雞雞正在溶解。除了那個拿液態氨的學生之外，所有人都離開了，感覺起來他本來也會離開，他整個人是那麼失望，在捏著我的龜頭往他的方向拉直的時候，他連正眼也沒瞧我。氣瓶在殘留的疣上面微微噴了一陣。那種感覺，你可以閉上眼睛想像你的雞雞有好幾百里長，即使那樣都還是會痛。

瑪拉低頭看著我的手和泰勒之吻所留下的疤。

我跟那個醫學院學生說，你們在這裡一定很少看過胎記。

不是這樣的。那個學生說大家都以為那塊胎記是癌症。有一種新型癌症專門危害年輕人。他們一覺起來便發現自己的腳上或膝蓋上長了紅斑。那些斑點不會消失，會一直擴散，直到覆蓋全身，然後你就死了。

那個學生說，醫生和每個人之所以會那麼興奮，那是因為他們以為我得了這種新型癌症。到現在，得這種病的人還算少，不過病情正在蔓延之中。

這是好多好多年以前了。

癌症就會那樣，我跟瑪拉說。錯誤會發生，也許重點就是，即便一個小地方有可能出了毛病，也不該忘記別的地方也是你的肉。

瑪拉說，「有可能。」

那個拿著液態氨的學生完畢了事，跟我說那個疣過幾天就會脫落。刺人的紙布上，一張沒有人要的我的腳的拍立得就躺在我的光屁股旁邊。我說，這張照片我可以拿走嗎？

到現在，我都還保有這張照片，塞在我房間鏡子的鏡框上。每天早上上班前我在這面鏡子前梳頭髮，然後想著我如何曾經染上十分鐘的癌症，比真有癌症更糟糕。

我跟瑪拉說今年感恩節我祖父和我第一次沒有一起去溜冰，即使現在冰塊已經結了幾乎有六英寸厚。我祖母的額頭和手臂上總是貼有那種小小的圓形繃帶，她在額頭和手臂上一生都長有看起來怪怪的痣。那些痣要不是圈圈擴散，便是從棕色變成藍色或是黑色。

上次我祖母從醫院出來的時候，我祖父幫她提手提箱，那個手提箱很重，重得我祖父抱怨說他身體都歪了一邊。我祖母是法語系加拿大人，她非常矜持，從來沒在公共場合穿過泳裝，總是把水槽的水打開，好蓋過任何在浴室裡可能弄出的聲響。從盧爾德聖母醫院做完乳房切除手術走出來的她說：「你覺得你身體歪一邊？」

對我的祖父來說，那句話總結了整個故事，我的祖母，癌症，他們的婚姻，你的人生。他每次講這個故事時都會笑。

瑪拉沒有笑。我想要逗她笑，讓她開心。讓她原諒我那件膠原質的事，我想要跟瑪拉說在她身上沒有什麼好找的。如果今天早上她找到了什麼，那也是個錯誤。那是個胎記。

瑪拉的手背上有泰勒的吻所留下的疤。

我想要讓瑪拉笑，所以我沒有告訴她上次我擁抱克羅伊的事，沒有頭髮的克羅伊，一具浸在黃蠟裡的骷髏，光光的頭上綁了條絲巾。我最後一次抱著克羅伊，在她永遠消失之前。我跟她說她看起來像個海盜，然後她笑了。我，當我去海灘的時候，我總是右腳折在屁股底下地坐著。澳洲和紐西蘭，不然我就把它埋在沙堆裡。我害怕別人會看到我的腳，然後我就會開始在他們的心裡面死去。那個我以前沒有的癌症現在到處都是。我沒跟瑪拉講這個。

關於我們心愛的人，有好多事情我們並不想知道。

為了讓她開心，讓她笑，我跟瑪拉說有個女人投書愛情信箱說她嫁了一個既英俊又成功的葬儀業者，他們結婚的那個晚上，葬儀業者要她泡在一缸子的冷水裡，直到她的皮膚摸起來都是冰的為止，然後那個葬儀業者要她完全靜止地躺在床上，這時候葬儀業者就跟她那冷冰冰、動也不動的身體做愛。

好笑的是，這個女人在新婚的時候這樣幹，接下來的十年婚姻裡她也都是這樣幹，現在她寫信給愛情信箱問說不知道愛情信箱覺得這一切到底代表了什麼意義？

14

這就是為什麼我這麼熱愛互助團體的原因，如果人們以為你要死了，他們就會把所有注意力都放在你身上。

如果這可能是他們最後一次見到你，他們就會真的看見你。所有其他像是戶頭裡的錢、電台放的歌、頂在頭上的亂髮都會消失不見。

你擁有他們百分百的注意力。

人們會認真聽你講話，並非只是等著換他們開口。

而且他們在講話的時候，他們不是在跟你講個故事。你們兩個講話的時候，你們是在建構某種東西，講完之後，你們兩個都跟以前不一樣。

瑪拉在發現第一塊疣之後開始參加互助團體。

我們發現她身上第二塊疣的隔天早晨，瑪拉跳著走進廚房，兩隻腳塞在一隻褲襪裡，然後說，「看哪，我是美人魚。」

瑪拉說，「這可不像你們男人倒過來坐在馬桶蓋上還假裝自己在騎機車。這可是場貨真價實的意外。」

在我和瑪拉於「雄風不減大團結」裡頭認識之前，她身上有一粒疣，現在有了第二粒。

你得知道，瑪拉還活著。瑪拉的生命哲學，照她跟我說的，是她可以在任何時刻死去。她生命的悲劇就是她怎樣都死不了。

瑪拉第一次發現身上長疣的時候，她找了間診所看病，候診室三邊的塑膠椅子上坐著彎腰駝背的稻草人母親，軟趴趴的洋娃娃小孩在她們的腿上球成一團，不然就是躺在腳邊。那些小孩子的眼睛周圍黑黑的塌了一圈，像是壞了爛掉的橘子或是香蕉那樣，那些母親抓著一頭失去控制的頭皮癬，掉下一地毯一地毯的頭皮屑。診所裡每個人的牙齒在消瘦的臉上看起來都很巨大，讓你看清楚牙齒不過是一堆從你的皮膚裡冒出來磨東西的骨頭罷了。

如果沒有健保，你的下場就會淪落到這種地方。

在大家都還不知好歹的時候，世上有很多想要小孩的快樂男人，現在那些生出來的小孩都生了病，母親都快死了，父親都已經死了，瑪拉則在醫院尿味醋味令人嘔吐的味道當中坐著，身邊某位護士問每個母親病了多久啊，掉了多少體重啊，她的小孩有沒有其他在世的直系親屬或是監護人啊，瑪拉因此下定決心，她不要。

就算她要死了，瑪拉也不想知道。

瑪拉從診所走了出來，拐過街角，轉進城市乾洗店，偷走所有烘衣機裡的牛仔褲，然後徒步走到一處經銷商，一條牛仔褲賣十五塊美金。然後瑪拉替自己買了一些真的很棒的褲襪，那種不會脫線的。

「即便是不會脫線的好褲襪，」瑪拉說，「還是會刮肉。」

沒有什麼是靜止的。所有的一切正在崩解。

瑪拉開始參加互助團體，因為待在其他人肉屁股擦的身邊感覺比較舒服。每個人都有些地方不對勁。有那麼一陣子，她的心臟算是停擺了。

瑪拉開始在葬儀社工作，搞生前契約，那裡有時候會有一些巨大的胖男人，其實通常是胖女人，從葬儀社的展示間走出來，手中捧著一個蛋杯大小的骨灰罈子，瑪拉則坐在大廳她的辦公桌上，一頭朝下綁著的黑色頭髮，兩腿刮肉的褲襪，一塊乳房疣和世界末日，然後說，「夫人，別往自己臉上貼金了。那個小東西我們連妳那燒成灰的大頭都塞不進去。回去，換個保齡球大小的骨灰罐子吧。」

瑪拉的心看起來就像我的臉一樣。全世界的垃圾和廢物。後消費時代的人肉屁股擦，不管怎麼樣都不會有人浪費時間去回收。

在互助團體和診所之間來來去去，瑪拉跟我說，她碰過很多死掉的人。這些人死了，住在另一邊的世界，晚上他們就會打電話。有時候去一家酒吧，瑪拉會聽到酒保喊她的名字，等到她把電話接起來的時候，另一頭就斷線。

那時候，她以為這就是探底了。

「在你還是二十四歲的時候，」瑪拉說，「你對於你到底可以摔多深，不會有什麼概念，不過我學得很快。」

瑪拉第一次裝填骨灰罈的時候，她並沒有戴面罩，後來擤鼻涕的時候，在面紙裡發現一塊屬於某某的黑色東西。

在紙街的那棟房子裡，如果電話響了一次接起來卻斷線，你就知道那是有人在找瑪拉。這種狀況發生的次數超乎想像。

在紙街的那棟房子裡，有名警探開始打電話詢問我關於套房爆炸的事件，泰勒會胸部貼著我的肩膀，在我耳朵裡輕聲細語，我的另一隻耳朵聽著話筒，然後警探就問我認不認識有誰會做土製炸彈的。

「隨著我的進化，災難自然會降臨，」泰勒輕聲細語地說，「朝向悲劇與崩解。」

我跟警探講，炸掉我套房的是電冰箱。

「我正在擺脫我對於現世權力和物質財產的依賴，」泰勒輕聲細語地說，「因為唯有透過自我毀滅，才能發現自我靈魂所擁有的更強大的力量。」

那顆炸藥，警探說，裡頭有雜質，一種草酸銨與過氯酸鉀的殘留物，意味著那是顆土製炸彈，而且前門鎖死的門閂是碎裂的。

我說那天晚上我在華府。

電話上的那位警探解釋說，有人在拴死的門鎖上噴灑二氯二氟甲烷冷媒，然後用冰凍的起子探進門鎖，把裡面的鎖頭敲碎。罪犯就是這樣偷腳踏車的。

「那個破壞我家產的解放者，」泰勒說，「是為了拯救我的靈魂而戰鬥。為我清除道路上所有羈絆的上師會讓我獲得自由。」

警探說，不管放置那枚土製炸彈的是誰，他都可以在爆炸發生前好幾天把瓦斯打開，吹熄爐子上的安全火焰。瓦斯只是引信。瓦斯漸漸充滿整間套房，接觸到電冰箱底部的壓縮器，然後壓縮器的電動馬達觸發這場爆炸，中間的過程可以花上好幾天。

「跟他講，」泰勒輕聲細語地說。「沒錯，是你幹的。你把全部都給炸了。他想聽的就是這個。」

我跟警探講，不對，我沒有忘了關瓦斯就出城。我熱愛我的生活。我熱愛那間套房。我熱愛每一件家具。那是我全部的人生。所有的東西，電燈、椅子、毯子，全都是我。櫃子裡的餐盤是我。盆栽是我。電視是我。炸掉的是我。他看不出來嗎？

警探叫我不要出城。

15

會長閣下，全國放映師暨獨立戲院工會地區分會會長閣下剛剛坐下。

所有這人視為理所當然的一切，上上下下裡裡外外前前後後都已經長起了恐怖的東西。

沒有什麼是靜止的。

所有的一切正在崩解。

我都知道因為泰勒知道。

有三年了，泰勒替幾家連鎖電影院做影片重組與拆卸的工作。一部電影分成六、七捲裝在一只金屬箱子裡旅行。泰勒的工作是把這些小膠捲接成一捲有五英尺長的影片，好讓自動上帶、自動迴帶的放映機使用。經過了三年，七家戲院，至少每家戲院放映三次，每個星期都有新片，泰勒到現在經手過上百部的電影影片。

不過可惜了，隨著自動上帶、自動迴帶放映機的數量與日俱增，工會不再需要泰勒這種人。分會主席閣下得把泰勒叫進來坐下聊聊。

工作本身枯燥，薪水少得可憐，所以獨立暨聯合戲院聯合放映作業聯合工會主席聯合說，這是分會特別給泰勒．德爾登的一份心意，禮貌周到地送他一面紀念旗。

別把這件事看作是對你個人的否定。這麼想吧，這叫做組織精簡。

屁股一抬，分會會長閣下自己說，「我們的成功要感謝你的貢獻。」

喔，沒什麼，泰勒說，一邊咧著嘴笑。只要工會繼續發薪水，他就會閉嘴。

泰勒說，「這麼想吧，這叫做提早退休，領退休金。」

泰勒經手過上百部影片。

電影又回到發行商的手裡。電影重新在市場上發行。喜劇片。劇情片。音樂劇。愛情片。動作冒險片。

全接上了泰勒的單格色情片。

雞姦。吹簫。舔陰。窒息性性愛。

泰勒沒什麼好損失的。

泰勒是這個世界的無名小卒，大家的垃圾。

這也是泰勒要我反覆練習跟普瑞斯曼飯店經理說的那一套。泰勒的另一份工，在普瑞斯曼飯店的那一份，泰勒說他在那裡連個屁也不是。沒人在乎他是死是活，這種感覺他媽的每個人都有。這就是泰勒教我在經理辦公室裡說的那一套，安全警衛就坐在門外。

泰勒和我很晚都還沒睡，事情過去之後我們交換彼此的故事。去了放映師工會之後，泰勒馬上要我面對普瑞斯曼飯店的經理。

泰勒和我看起來越來越像一對雙胞胎。我們兩個都有打歪了的臉頰骨，我們的皮膚已經失去了記憶，忘記了被打了之後要滑回原處。

我的瘀青都源自於鬥陣俱樂部，泰勒的臉則是讓放映師工會會長給打歪的。泰勒爬出工會辦公室之後，我轉去見普瑞斯曼飯店的經理。

我就坐在那裡，在普瑞斯曼飯店經理的辦公室。

我是傻笑復仇者老王。

飯店經理說的第一句話是我只有三分鐘。在起初的三十秒裡，我說我怎樣在湯裡撒尿、在香烤乳酪布丁裡放屁、在墩菊苣上擤鼻涕，以及我現在想要飯店每個星期給我一份相當於平均週薪外加小費的薪水。如此一來，我就不用再來工作，我也不會跑去找報紙或是衛生署一把鼻涕一把眼淚地真情告白。

頭條會是這樣的：

精神狀態不穩　服務生坦承污染食物

當然啦，我說，我可能得吃上牢飯。他們可能會吊我夾我拖我遊街剝我皮拿強鹼燙我，但是普瑞斯曼飯店永遠都會有世上最有錢的人在此喝尿的名聲。

泰勒的話從我的嘴巴裡說出來。

我從前還真是個好人呢。

放映師工會辦公室，泰勒在被工會會長打了之後哈哈大笑。這拳把泰勒從椅子上打到地下，然後泰勒靠牆坐著，笑著。

「儘管來，你殺不了我的，」泰勒笑著說。「你去他媽的笨蛋。把我打得稀巴爛，就是殺不了我。」

你有太多東西不能放棄。

我什麼都沒有。

你什麼都有。

儘管來，朝著肚子來記老拳。在我臉上再賞一拳。打得我滿地找牙，不過薪水要繼續寄過來。打斷我的肋骨，不過要是你少我一星期的薪水，我就把事情鬧大，你和你那小小的工會就等人來告你告到死吧，每家戲院老闆和片商和那些在《小鹿斑比》裡看到硬屌的小孩子的媽都會來告。

「我是垃圾，」泰勒說。「對於你和這個世界，我是垃圾大便瘋子，」泰勒對工會會長說。「你不在乎我住哪或是我有什麼感覺，我吃什麼我怎樣養小孩或者生病了怎麼付醫藥費，沒錯我是愚蠢乏味弱勢，可是我依然是你要扛的責任。」

坐在普瑞斯曼飯店辦公室裡，我那鬥陣俱樂部的嘴唇依然裂成十塊。我臉頰上的屁眼盯著普瑞斯曼飯店經理看，真有十成十的說服力。

基本上，我和泰勒說的同一套。

在工會會長把泰勒拖到地上之後，在會長先生看到泰勒沒有反抗之後，開著車體大到他絕對不需要的凱迪拉克的會長閣下，會長閣下回了一腳蝴蝶楦頭的皮鞋，往泰勒的肋骨踢了下去，泰勒則是笑著。泰勒縮成一球之後會長閣下把蝴蝶楦頭踢進泰勒的腎臟，不過泰勒依然笑著。

「發洩吧，」泰勒說。「相信我。你會覺得很舒服。你會爽呆了。」

在普瑞斯曼飯店辦公室裡，我問飯店經理可不可以借我電話用用，然後我撥了報紙市政版的電話號碼。飯店經理在一邊看著，我說：

喂，我說，我犯下一宗違反人性的恐怖罪行，以便表達我的政治抗議。我抗議服務業從業員所受到的剝削。

如果坐牢，我不會只是個無名小卒。這可是英雄般的壯舉啊。

羅賓漢服務生為社會弱勢抱不平。

這事情可大條了，這可不只是一家飯店與一個服務生之間的糾紛而已。

普瑞斯曼飯店經理非常溫柔地把話筒從我手上拿了過去。經理說他要我從此不要在這裡工作，我現在這樣子更加不行。

我站在經理的案頭說，什麼？

你不喜歡我這個點子？

然後毫不退縮地，始終看著經理，我振臂一掄，把離心力末端的拳頭往臉上送，把鼻頭破破爛爛的瘡疤打得鮮血直流。

完全沒有理由，我想起了泰勒和我第一次打架的那個晚上。我要你死命地打我。這拳並沒有那麼重。我又賞了自己一次。看起來棒呆了，那一片鮮血，而我把自己往牆上甩，發出一聲巨響，把掛在那裡的畫給撞破了。

破裂的玻璃、畫框、花草畫和鮮血落在地板上，我的身子跟著耍寶團團轉。我真是顆蠢蛋。血濺上了地毯，我起身用怪物血手印抓著飯店經理的桌緣說，拜託你，幫幫我，但我開始竊笑了起來。

幫我，求求你。

求求你別打我，別再打我了。

我滑落地面，沾著我的血爬過地毯。我要說的第一個字是求。所以我把嘴唇緊閉。這頭怪物拖著自己的身子滑過東方地毯上的可愛花叢與花圈。血液從我的鼻子流出來，滑下我的喉頭後背，流進了我的嘴，熱熱的。這頭怪物爬過地毯，熱熱的，撩起爪子上的鮮血黏住的毛絮和灰塵。然後它爬得夠近了，近到可以抓住普瑞斯曼飯店經理穿了條紋西裝的腳踝，然後說。

求求你。

說出來。

求求你從一泡泡的血裡冒出來。

說出來。

求求你。

接著泡泡噴得到處是血。

接著這就是泰勒為何能夠自由地在每個星期的每個晚上開始一處鬥陣俱樂部。之後我們有七間鬥陣俱樂部，之後十五間，之後二十三間，接著泰勒要開更多。總有錢進帳。

求求你，我求普瑞斯曼飯店經理，給我錢。然後我，又一次，竊笑。

求求你。

然後求求你不要打我，再一次。

你有那麼多，我什麼都沒有。然後我開始血淋淋地爬上普瑞斯曼飯店經理的條紋西裝褲管，經理身子往後傾，硬邦邦的，雙手撐在身後的窗台，就連他薄薄的雙唇也不停地後退，退進牙齒裡。

這頭怪物的血爪箍著經理的褲頭，然後拉起身子抓緊雪白的漿洗襯衫，然後我把我血淋淋的雙手繞在經理平滑的手腕上。

求求你。我笑得夠誇張好撐開我的嘴唇。

一陣纏鬥，經理尖叫著試圖收手遠離我和我的血以及我打碎的鼻子，髒東西黏在我們兩人身上的血，然後就在我們最精采的這一刻，安全警衛決定走進房來。

16

今天的報紙有寫，有人闖進海恩大廈第十層到第十五層之間的辦公室，爬出窗戶，在大廈南面漆上一張有五層樓高、猙獰笑著的假面，然後放火，好讓位在每隻大眼睛中央的窗戶燃起熊熊烈焰，張牙舞爪又無法逃脫地在黃昏時分籠罩全城。

在報紙頭版的照片裡，那張臉是顆高懸空中憤怒的南瓜、日本的魔神、貪婪的惡龍，那些煙是巫婆的眉毛或是惡魔的犄角。人們頭往後仰地哭泣。

這代表什麼意義？

誰又會幹這種事？即使等到大火撲滅之後，那張臉還在，並且更難看。雖然是死的，那些空洞的眼睛似乎在監看街上的每個人。

報紙上這種事件越來越多。

你當然有讀到，你會想馬上知道這是否也是「破壞計畫」的一部分。

報紙說警方沒抓到什麼真正的線索。青少年幫派或是太空外星人，不管是誰，在爬出窗格垂在窗台下用黑色噴漆作畫的時候，都極有可能斷送性命。

這是「惡搞委員會」幹的呢還是「縱火委員會」？那張大臉或許就是他們上個星期的回家作業。

泰勒應該知道，但是「破壞計畫」規定第一條就是不可以問有關「破壞計畫」的問題。

在「破壞計畫」裡的「攻擊委員會」上，泰勒說這個星期他要帶大家把如何開槍操練一遍。一把槍就是把爆炸瞄準在單一方向。

在上次「攻擊委員會」的會議上，泰勒帶了一把槍和一疊工商分類電話簿。他們在地下室碰頭，那裡也是每個星期六晚上鬥陣俱樂部碰頭的地方。每個委員會碰頭的晚上都不一樣。

星期一縱火。

星期二攻擊。

星期三惡搞。

星期四誤導。

有組織的渾沌。有官僚的無政府。留給你自己去想。

互助團體。也可以這麼說。

於是在星期二晚上，「攻擊委員會」提出下一個星期的活動，泰勒會審閱提案，給委員會出回家作業。

到下星期這時候，「攻擊委員會」裡的每一個人都要找個人來鬥，結果不能是他做英雄。而且地點不能是在鬥陣俱樂部。這比聽起來還要難。一個街上的行人會竭盡所能地不跟你鬥。

這個點子是隨便在路上找個從來沒有鬥過的老王，然後招募他。讓他體驗生平第一次的勝利。引他爆發。允許他把你打得稀巴爛。

這你承受得了。如果是你贏，你就搞砸了。

「各位，我們要做的事，」泰勒告訴委員會說，「就是提醒這些人，他們身上還有什麼樣的力量。」

這是泰勒小小的精神講話。然後他把面前硬紙箱裡頭折好的紙片一一打開。委員會就這樣子針對下個星期做出活動提案。把活動寫在委員會便條簿上。撕掉寫的那張，折好，放進箱子裡。泰勒會檢查那些提案，把不好的點子丟掉。每丟掉一個點子，泰勒會放進一張折好的空白紙片。然後委員會上的每個人從箱子裡拿出一張。泰勒把這個過程解釋給我聽，如果抽到白紙，那個星期只需要完成回家作業就行了。

如果抽到提案，那麼這個週末你就得到進口啤酒展售會上，把一個人推進馬桶裡。如果過程中挨揍，你會得到額外的嘉獎。或者你得參加購物中心中庭的時裝展，然後從中間樓層朝下丟擲草莓果凍。

如果被逮，你會被「攻擊委員會」除名。如果笑了出來，你也會被委員會除名。

沒有人知道誰抽到提案，除了泰勒之外沒有人知道有哪些提案，哪些他接受，哪些他丟進垃圾桶。稍後在那個星期裡，你可能會在報紙上讀到，有名身分不詳的男子，在市中心跳上一輛積架敞篷車的駕駛座，把那輛車開去撞噴泉。

你得好好想一想。這有可能是你丟進去的委員會提案嗎？

下個星期二晚上，在鬥陣俱樂部地下室唯一的那盞孤燈下，環顧這場「攻擊委員會」的聚會，你心裡還不斷在想，把積架硬是弄去撞噴泉的到底是誰。

是誰跑到美術館屋頂，把裝了油漆的水球散彈打進雕塑中庭的接待區？

是誰在海恩大廈上面漆上囂張的魔鬼假面？

海恩大廈任務的那一晚，你可以想像一群律師事務所職員和記帳員或是信差，偷偷溜進他們每天坐的辦公室。也許他們有點醉了，即便這違反「破壞計畫」的規定，接著他們用密碼鎖開門，密碼鎖不管用就用冷媒噴氣瓶粉碎鎖頭，如此他們才能夠懸吊、攀登在大廈的磚造表面，信任彼此地抓住繩索往下垂，在空中搖擺，冒著在辦公室猝死的危險，好過每天在那裡感覺自己的生命每一小時結束一次。

隔天早上，同一群職員、助理客戶代表也會出現在人群中，一顆顆梳理整齊的頭往後仰，睡眠不足使他們顯得神情古怪，但神智清醒，打著領帶，聽著身邊的人群臆測是誰會幹下這種事，而警察則吼著叫大家退後，現在，因為消防水流正從每隻巨大眼睛破碎冒煙的中心奔竄而下。

泰勒私底下跟我說每次開會出現的好提案從來沒有超過四個，所以抽到一張不是白紙的真正提案其機率大約是十分之四。包括泰勒，「攻擊委員會」上有二十五個人。每個人都有回家作業：在公開場合跟人鬥輸；每個人都要抽提案。

這個星期，泰勒跟他們說，「去買把槍。」

泰勒把分類電話簿給了其中一位成員，叫他撕下一頁廣告。然後把電話簿傳給下一個人。同一個地方不可以有兩個人去光顧或是開火。

「這東西，」泰勒說，接著從大衣口袋裡掏出一把，「叫做槍，兩個星期內，你們每一個人都應該有一把這樣尺寸的，並且帶來開會。」

「最好用現金買，」泰勒說。「下次開會，你們將交換手槍，然後申報你買的槍失竊。」

沒有人問任何問題。不問問題是「破壞計畫」規定第一條。

泰勒把槍傳下去。這麼小的一件東西卻出奇地沉，彷彿是由巨大如山脈或太陽的東西崩解熔化後做成的。委員會的成員用兩根指頭拿。每個人都想問裡面有沒有裝子彈，但是「破壞計畫」規定第二條就是你不可以問問題。

也許裝了子彈，也許沒裝。我們或許應該假定最糟狀況。

「一把槍，」泰勒說，「簡單而完美。你只需要扣下扳機。」

「破壞計畫」規定第三條是沒有藉口。

「扳機，」泰勒說，「鬆開撞針，撞針接著敲擊火藥。」

規定第四條是沒有謊言。

「爆炸會把彈殼開放端的一片金屬塊向外轟出，槍管則把爆開的火藥威力和火箭般的金屬塊集中，」泰勒說，「就像是砲彈飛人，就像是出了彈道的飛彈，就像是你打的砲，朝著單一方向飛出。」

泰勒發明「破壞計畫」的時候，泰勒說「破壞計畫」的目的與其他人無關。泰勒不在乎其他人是否受傷。它的目的是教育參與計畫的每一個人，讓他知道他擁有控制歷史的力量。

泰勒就在鬥陣俱樂部裡發明「破壞計畫」。

有一晚在鬥陣俱樂部我單挑一個新來的。那個星期天晚上，有個天使臉孔的年輕人第一次參加鬥陣俱樂部，我挑上他要鬥一鬥。這是規定。如果這是你在鬥陣俱樂部的初夜，你就必須鬥。我知道這條規定，所以單挑他，因為失眠再度來襲，我的心情正好，想摧毀漂亮的東西。

既然我的大半張臉都沒什麼機會癒合，那麼我在長相這部分上就沒什麼好損失的。我老闆，工作上的，他問我臉頰上的洞怎麼從來沒好過。喝咖啡的時候，我跟他說，我在洞裡塞兩根指頭，所以好不了。

有一記絕招叫做「乖乖睡」，把一個人緊緊勒住，只提供恰到好處的空氣讓他保持清醒，那天晚上在鬥陣俱樂部裡我揍了我們這位新來的，我把這位天使臉孔先生搥了一頓，先是動用我拳頭上一堆皮包骨的指關節，像臼齒一樣地在他臉上打樁，接著把這些皮包骨的指關節黏答答地從他的牙齒間抽出來，然後動用我拳頭緊繃的前端掄穿他的嘴唇。然後這個小子一攤肉地摔倒在我的臂彎裡。

泰勒後來跟我說他從沒看過我如此徹底地摧毀一件東西。那天晚上，泰勒知道他得把鬥陣俱樂部升級，否則就該關掉。

隔天早晨吃著早餐，泰勒說，「你看起來像個瘋子，小神經。你去哪裡啦？」

我說我覺得糟透了，根本沒有放鬆。我連個屁也沒感覺到。也許我已經混熟了。鬥陣鬥得越多，你的耐性越好，也許我需要尋找更猛的東西了。

就在那天早上，泰勒發明了「破壞計畫」。

泰勒問我到底在鬥什麼。

泰勒說的那一套，什麼做為歷史的垃圾和奴隸的那一套，就是我的感覺。我想要摧毀所有我永遠都不可能擁有的漂亮東西。把亞馬遜雨林燒掉。把氯氟碳化合物直接送上天，把臭氧層吃光弄破。把超級油輪的卸油口打開，把外海油田的封口打開。我想要殺掉所有我買不起的魚，悶死我永遠都不會去的法國海灘。

我想要整個世界都探底。

揹著那孩子，我真想在每頭不會做愛延續子孫的熊貓兩眼中間送上一顆子彈，還有每隻自己衝上岸邊等死的鯨魚或海豚。

別把這種想法當做是滅種。就想是為地球瘦身吧。

幾千年以來，人類一直在這個星球上把事情搞砸、搞臭、搞死，現在的歷史卻要我替每個人擦屁股。我得把我用過的湯罐頭洗乾淨壓平。還得為每一滴用過的機油負責。

核能廢料、埋在土裡的汽油槽、上一代在我出生前就丟棄的毒性廢土垃圾山，這些我都得買單。

我的手臂箍著天使先生的那張臉像是嬰孩像是足球，接著我用指關節扁他，扁他直到他的牙齒穿透他的嘴唇。之後用我的手肘扁他，直到他從我的手臂間跌落在我的腳邊，人肉一堆。直到他臉頰骨上的皮膚被搥得像薄紙，黑色的一張。

我想要呼吸煙。

鳥和鹿都是愚蠢的奢侈品，所有的魚都應該肚皮朝天。

我想要燒毀羅浮宮。我要用大榔頭款待埃爾金石雕，接著拿《蒙娜麗莎》擦屁股。現在，這就是我的世界。

這是我的世界，我的世界，那些古人都死了。

就在那天早上的早餐桌邊泰勒發明了「破壞計畫」。

我們想要解放世界，把歷史轟掉。

我們在紙街上的那棟房子裡頭吃早餐，接著泰勒說，想像你自己在某處被遺忘了的高爾夫球場第十五洞的綠地上種植蘿蔔與馬鈴薯。

你會在洛克菲勒中心遺址四周的潮濕峽谷森林裡穿梭獵捕麋鹿，接著在傾斜了四十五度角的太空探針殘骸邊撈蛤蜊。我們會替摩天大樓漆上巨大的圖騰臉孔和小妖精蒂奇❶，每天晚上殘存的人類會撤退到什麼都沒有的動物園，把自己關進籠裡做好保護，躲避晚上在籠子外面來回走動監視著我們的大熊大貓和野狼。

「資源回收和速度限制都是放屁，」泰勒說。「那就像是死到臨頭才開始戒菸。」

可以拯救世界的是「破壞計畫」。一場文化冰河期。一個提早降臨的黑暗時代。「破壞計畫」會強迫人類進入冬眠或是安靜下來，時間長得足夠讓地球恢復生機。

「你必須把無政府合理化，」泰勒說。「其他留給你自己搞清楚。」

就像有職員和小弟的鬥陣俱樂部一樣，「破壞計畫」會把文明打碎，好讓我們可以在這個世界裡創造出更好的東西。

「想像一下，」泰勒說，「你在獵捕麋鹿的路上，從百貨公司櫥窗和一排排吊在衣架上發臭腐爛的洋裝和晚禮服之前經過；你會穿那件你將穿到死的皮衣，你還會抓著手腕粗的藤蔓，爬上被葛藤重重纏繞的西爾斯大樓❷。傑克與魔豆，你會爬上滴水的森林雨棚，空氣真是乾淨，你看得到底下的小小人正在敲打玉米，把一條條鹿肉鋪在廢棄高速公路的空地調撥車道上晾乾，八線道寬，在酷熱的八月，足足綿延一千里。」

這就是「破壞計畫」的目的，泰勒說，文明徹底且立即毀滅。

「破壞計畫」的下一步，除了泰勒之外沒有人知道。第二條規定就是你不能問問題。

「可別中彈，」泰勒跟「攻擊委員會」說。「你們也不用煩惱了，沒錯，你們必須殺人。」

縱火。攻擊。惡搞。誤導。

沒有問題。沒有問題。沒有藉口加上沒有謊言。

「破壞計畫」規定第五條，你必須信任泰勒。

---

❶ 精蒂奇（tikis）：毛利人的護身符。

❷ 西爾斯大樓（Sears Tower）：位居芝加哥的摩天大樓。共有一百零一層高，高度為一千四百五十四英尺（約四百

四十三公尺），加上樓頂的大型天線則高達令人瞠目結舌的一千七百零七英尺（約五百二十一公尺），西爾斯大廈是全美第一、全世第二高的大樓。在美第二高的大廈目前已隨自殺飛機，於幾分鐘內塌毀，那就是紐約的雙子星大樓（世貿中心）。

17

我老闆又拿了一張紙來到我的辦公桌前，擺在我的手肘邊。我連條領帶都不打了。我老闆打了一條藍色領帶，所以今天一定是星期四。現在我老闆辦公室的門總關著，自從他在影印機發現鬥陣俱樂部的規定，再加上我可能暗示會拿把散彈槍把他幹掉之後，一天之中我們交談不到兩個字。只見我一人，又一次，四處扮小丑。

或者，我可以打電話給交通部陳情組。有個前座定位扣環從來沒有通過撞擊測試，卻付諸生產。

要是你知道該往哪裡看，哪裡就會到處埋著屍體。

早安，我說。

他說，「早安。」

擱在我手肘邊的是另一份只有我能看的祕密文件，泰勒要我幫他打字並影印。一個星期前，泰勒踩著步伐測量紙街上那棟租屋的地下室大小。前後有六十五個鞋長，兩邊距離四十個鞋長。泰勒的腦筋猛轉。泰勒問我，「六乘七是多少？」

四十二。

「四十二乘以三呢？」

一百二十六。

泰勒給了我一張手寫的紙條清單，說要打字並影印七十二份。

幹嘛要那麼多？

「因為，」泰勒說，「那代表有多少人可以睡在地下室，如果我們讓他們睡在三層野戰臥舖的話。」

我問，他們的個人物品該怎麼辦？

泰勒說，「他們要帶的東西不會超過清單上所羅列的，那些東西應該都能塞進一張床墊。」

我老闆在影印機上發現那張清單，影印機的計數器仍設定在七十二，那張清單寫著：

「帶齊必備物品並不代表可以接受訓練，不過任何申請將不予考慮，除非來者帶齊下列物品，以及不多不少五百塊美金的個人棺材錢。」

火化一具什麼東西都沒有的屍體需要花上至少三百塊錢，泰勒跟我說，而且價錢還會漲。任何人要是死了交不出這麼多錢，他們的屍體就會轉送解剖教室。

這筆錢必須隨時夾帶在學員的鞋子裡，要是該員陣亡，他的死將不會造成「破壞計畫」的負擔。

再者，申請人必須備齊下列物品：

兩件黑襯衫。

兩條黑長褲。

一雙黑色厚皮鞋。

一件黑色厚大衣。

兩雙黑襪子以及兩件素色內褲。

這一切包括申請者身上所穿的衣服。

一條白毛巾。

一張軍用折疊式床墊。

一只白塑膠盆。

我老闆還站在我的辦公桌邊，我拿起那張原始清單，接著告訴他，謝了。我的老闆走進他的辦公室，我繼續工作，在電腦螢幕上玩撲克牌。

下班後，我把拷貝交給泰勒，一天一天接著過去了。我去上班。

我回家。

我去上班。

我回家，有個小子站在我們前門的玄關。那小子站在前門口，一只棕色紙袋裝著他的第二件黑襯衫和褲子，擺在玄關欄杆上的是最後三件物品，一條白毛巾、一張軍用床墊，以及一只塑膠盆。泰勒和我從樓上的窗戶偷瞄這小子，接著泰勒叫我把這小子趕走。

「他太年輕了，」泰勒說。

在玄關上的小子就是泰勒發明「破壞計畫」當天晚上我試著要摧毀的天使臉孔。雖然有一雙黑眼睛並理了一頭金色平頭，他強悍漂亮的大便臉看不到一絲皺紋或疤痕。把他套進洋裝然後叫他笑，他就會是個女人了。天使臉孔先生腳趾頂著前門站著，眼睛直直地向前盯著裂開的木材看，兩手貼腿，穿著黑鞋、黑襯衫、黑長褲。

「把他弄走，」泰勒跟我說。「他太年輕了。」

我問他多年輕算太年輕？

「這不重要，」泰勒說。「如果申請人是年輕人，我們跟他說他太年輕了。如果他胖，說他太胖了。如果他老，說他太老了。瘦，說他太瘦了。白，說他太白了。黑，就說他太黑了。」

佛教寺院就是這樣測試來者，億萬年來皆如此，泰勒說。你叫申請人離開，如果他的決心夠堅定，沒有食物沒有庇護沒有鼓勵地在入口等上三天，到那時候，也只有到那時候，他才能夠獲准進入，開始接受訓練。

所以我跟天使臉說他太年輕了，不過到了午飯時間他還在。午飯後，我走出去拿掃帚打天使先生，把他的袋子踢到街上。從樓上，泰勒看著我拿掃帚手把棉花棒似的頂著那個小子的耳朵，那小子硬是站著不動，接著我把他的東西踢進水溝，朝他吼叫。

滾，我吼著。沒聽見嗎？你太年輕了。你永遠都不行，我大吼。過兩年再來申請。走就對了。離開我的玄關。

隔天，那小子還在，接著換泰勒出去說，「我很抱歉。」泰勒說他很抱歉告訴那小子有關訓練的消息，可是那小子真的太年輕了，麻煩他走了吧。

白臉。黑臉。

我又一次對著那小子吼。然後，六個小時後，泰勒走出去說他很抱歉，不過就是不行。那個小子得離開。泰勒說要是那小子再不走，他就要叫警察。

那小子還待著。

他的衣服還泡在水溝裡。風把破了的紙袋吹走了。

那小子還待著。

第三天，前門又來了一個應徵。天使先生還在，接著泰勒走了下來，直接告訴天使先生：

「進來。收拾街上你的東西，然後進來。」

對那個新來的，泰勒說，他很抱歉，但是他搞錯了。那個新來的太老了，沒辦法在這裡接受訓練，麻煩他離開。

我每天去上班。我回家，一天接著一天前門玄關都有一、兩個小子在等待。這些新來的並不做眼神接觸。我把門關上，把他們留在玄關。有一陣子，這樣的情況每天都發生，有時候一些應徵者會離開，但是大多數的應徵者都能撐到第三天，直到地下室裡泰勒和我買來架好的七十二張臥鋪幾乎住滿為止。

有一天，泰勒給了我五百塊錢現金，叫我無時不刻都要把錢藏在鞋子裡。我的個人棺材錢。這也是佛教修院古老的那一套。

現在我一回到家，房子裡便塞滿了泰勒接納進來的陌生人。他們所有人都在忙。一樓整層變成一間廚房和肥皂工廠。浴室從來沒閒著。一組一組的人會消失幾天，然後帶著裡頭裝有稀薄、水樣脂肪的紅色橡膠袋回家。

有天晚上，泰勒上樓發現我躲在我房間裡，他說，「別打攪他們。他們都知道要做什麼。這是『破壞計畫』的一部分。沒有半個人清楚整個計畫，不過每個人都受訓只做一件簡單的工作，並做到完美。」

「破壞計畫」規定你必須信任泰勒。

然後泰勒不見了。

「破壞計畫」的小組成員整天都在煮脂肪。我整天沒睡覺。整晚我聽著其他小組混合濃鹼、切割肥皂、烤糕點似地做肥皂，然後用面紙包裝每塊肥皂，封上紙街肥皂公司的標籤。除了我以外，每個人似乎都知道要做什麼，泰勒則從來不在家。

我抱著牆壁，彷彿一隻被捕的老鼠，困在一群沉靜的人孜孜不倦的工作之中，他們有受過訓練猴子的精力，分組煮飯、幹活、睡覺。拉拉桿。按按鈕。一組太空猴整天在煮飯，整天一組又一組的太空猴用他們帶來的塑膠盆吃飯。

一天早上我正要去上班，大鮑站在前門玄關穿著黑鞋、黑襯衫、黑長褲。我問說，他最近有沒有看到泰勒？是泰勒叫他來這裡的嗎？

「『破壞計畫』規定第一條，」大鮑兩腳夾緊腰桿挺直，「不可以問任何有關『破壞計畫』的問題。」

那麼泰勒給他指定了什麼不用腦袋的光榮小任務，我問。有些小子的工作只是整天燒米煮飯洗飯碗或是清糞桶。整天。泰勒是不是答應會讓大鮑的人生獲得啟發，只要他一天花上十六小時包裝一塊接著一塊的肥皂就好？

因為我得去上班了，我問大鮑，誰讓他進來的？誰指派工作給他？他看到泰勒了嗎？昨晚泰勒在這裡嗎？

大鮑說，「『破壞計畫』規定第一條，你不可以談論——」

我打斷他的話。我說，是呀。呀，呀，呀，呀，呀。

在我工作的時候，一組組的太空猴把房子四周爛泥巴一堆的草坪給翻了過來，灑上瀉鹽降低土壤的酸性，接著鏟來一堆堆牲口欄裡免費的公牛肥料，還有一袋袋從理髮廳運來的髮夾，用來阻擋鼴鼠和老鼠，增進土壤裡的蛋白質含量。

在晚間的任何時刻，都會有太空猴從屠宰場運送一袋袋的帶血生肉回家，用來增進土壤裡的鐵質含量，還有用來增進磷含量的帶骨生肉。

一組組的太空猴忙著種羅勒、百里香、生菜、金縷梅、尤加利樹苗、山梅花、薄荷，形成萬花筒般的星點圖。一扇綠油油的薔薇圓窗。其他小組則在晚上點蠟燭把蛞蝓和蝸牛殺死。另一組太空猴挑選最好的葉子搭配杜松莓熬煮天然染料。選紫草，因為它是天然殺蟲劑。選紫蘿蘭的葉子，因為它們可以治頭痛，選甜車葉草，因為它讓肥皂有一種剛割過草的味道。

廚房裡擺了一瓶瓶濃度八十的伏特加、用來製造透明的玫瑰天竺葵、黑砂糖香皂以及印度薄荷香皂。我偷了一瓶伏特加，並把我個人棺材錢花去買香菸。瑪拉現身了。我們談論那些植物。瑪拉和我走在爬梳過的石子路上，穿過花園裡頭萬花筒似的點點綠意，一邊喝酒一邊抽菸。我們聊到她的乳房。我們什麼都聊，就是沒提到泰勒・德爾登。

接下來有一天，報紙寫著一群黑衣人颱風般地襲捲某處較高級的地區以及某家高級汽車經銷商，揮舞棒球棒猛敲汽車的前方防撞桿，裡面的氣囊爆得粉末齊飛，警鈴大作。

在紙街肥皂公司，其他各組摘取玫瑰或是秋牡丹的花苞以及薰衣草，把花朵連同一塊蛋糕狀的純淨獸脂裝進箱子，好吸收花朵的氣味，用來製作有花香的肥皂。

瑪拉說那些植物的事給我聽。

玫瑰，瑪拉跟我說，是種天然收斂劑。

有些植物的英文名字有死亡的含意：菖蒲、羅勒、芸香、迷迭香，以及美女櫻。有些，像是繡線菊、西洋櫻草、白菖，以及甘松，名字聽起來像莎士比亞筆下的精靈。有著甜甜香草味的長葉萵苣。金縷梅，另一種天然收斂劑。

鳶尾草根，那狂放的西班牙菖蒲。

每天晚上，瑪拉和我會在花園散步，直到我確定泰勒當晚不會回家為止。在我們正後面總會有一隻太空猴跟著撿拾瑪拉折來讓我的鼻子嗅聞的香水薄荷或芸香或薄荷的枝葉。掉落地面的菸屁股。那隻太空猴爬梳著他身後的小徑，抹去我們曾經待過那裡的痕跡。

有天晚上在上城的某處廣場公園裡，另一群人繞著每棵樹一棵一棵地澆汽油，引發一場完美的森林小火。報紙上有寫，火場對街獨棟住宅的窗戶都熔化了，停在旁邊的車子響屁一爆，就癱在熔化了的破輪胎上。

泰勒在紙街上租的那棟房子是個活生生的東西，裡頭濕答答地充滿好多人的汗水和呼吸。好多人在裡面移動，那房子也會動。

泰勒沒有回來的另一天晚上，有人在自動提款機和公共電話上頭鑽洞，把塗了潤滑劑的管子從鑽的洞口塞進去，然後用黃油槍把滿滿的輪軸機油或是香草布丁打到那些自動提款機和公共電話裡面。

接下來，泰勒從沒待過家裡，不過一個月之後，一些太空猴在他們的手背上都燒有泰勒之吻。然後那些太空猴也不見了，新人接著在前門出現加以取代。

接下來每一天，一組一組的人坐著不同的車子來來去去。同樣的車你絕對不會見過兩次。有天傍晚，我聽到瑪拉在前門玄關跟一隻太空猴說，「我來這裡見泰勒。泰勒·德爾登。他住在這裡。我是他的朋友。」

那隻太空猴說，「很抱歉，可是妳太……」他停頓了一下，「妳太年輕了，不能接受訓練。」

瑪拉說，「吃大便吧。」

「再說，」那頭太空猴子說，「妳沒帶齊必備的物品：兩件黑襯衫、兩條黑長褲——」

瑪拉尖叫，「泰勒！」

「一雙黑色厚皮鞋。」

「泰勒！」

「兩雙黑襪子和兩件素色內褲。」

「泰勒！」

接著我聽見前門被大力一甩。瑪拉沒有耐性等上三天。

大多數的日子裡，下班後，我回家，做花生醬三明治。

我到家的時候，有一隻太空猴對著集結坐滿一樓整個地板的太空猴宣讀文宣。「你不是一片漂亮而獨特的雪花。你跟所有其他人一樣，都是同樣會腐敗的有機組織，同樣的一團堆肥，我們都是其中的一部分。」

那隻太空猴繼續念道，「我們的文化讓我們變得完全一樣。沒有人真的白真的黑或是真的富有，再也不是這樣了。我們要的都一樣。一個個分開來看，我們什麼都不是。」

當我走進去做我的三明治時，朗讀人停了下來，接著所有太空猴都坐著不發一語，彷彿只有我自己一個人。我說，別麻煩了。我已經讀過了。字是我打的。

甚至連我老闆可能都讀過了。

我們全都只是一堆大便，我說。繼續。玩你們的小遊戲。別管我。

那些太空猴靜靜地等著，我做我的三明治，接著又拿了一瓶伏特加就上樓了。我聽到身後念著，「你不是一片漂亮而獨特的雪花。」

我是傷心的老王，因為泰勒拋棄了我。因為我父親拋棄了我。喔，我可以沒完沒了。

有些天晚上，下班後，我去某間酒吧或是車庫的地下室參加不同的鬥陣俱樂部，我問有沒有人看到泰勒．德爾登。

在每一處新開的鬥陣俱樂部裡，某個我從沒見過的人站在黑暗中央唯一的那盞孤燈下，周遭圍滿了人，他在讀著泰勒的話。

鬥陣俱樂部規定第一條，不可以談論鬥陣俱樂部。

當他們開始鬥陣，我把俱樂部領導拉到一邊問他有沒有看到泰勒。我跟泰勒住在一起，我說，他有一陣子沒回家了。

那小子的眼睛睜得大大地問我說，我真的認識泰勒．德爾登嗎？

在大部分新的鬥陣俱樂部裡狀況都相同。是的，我說，我是泰勒最好的兄弟。然後所有人突然都想跟我握手。

這些新人盯著我臉頰上的屁眼和我臉上的黑皮膚瞧，邊邊都已經是黃色和青色的了，接著他們喊我長官。沒有，長官。幾乎沒有，長官。他們認識的從來沒人見過泰勒．德爾登。朋友的朋友見過泰勒．德爾登，他們接著創立了這個鬥陣俱樂部分會，報告長官。

然後他們朝我眨眼睛。他們認識的從來沒人見過泰勒．德爾登。

報告長官。

真的嗎，每個人問。泰勒．德爾登真的在建立一支軍隊嗎？他們就這麼問。泰勒．德爾登一個晚上只睡一小時嗎？謠傳泰勒在全國奔波開辦鬥陣俱樂部。接下來會是什麼，每個人都想知道。

「破壞計畫」的會議已經移到更大的地下室去舉行了，因為每個委員會——縱火、攻擊、惡搞、誤導——隨著越來越多人從鬥陣俱樂部畢業而變得越來越大。每個委員會都有領導，甚至連領導都不知道泰勒在哪裡。泰勒每個星期會打電話過來。

參與「破壞計畫」的每個人都想知道接下來是什麼。

我們下一步怎麼走？

我們要期盼什麼？

在紙街上，瑪拉和我在晚上踩著光腳丫走過花園，一步步搓揉出鼠尾草、檸檬美女櫻，以及玫瑰天竺葵的氣味。黑襯衫和黑長褲拿著蠟燭在我們身邊彎著腰，挑起葉子殺去蝸牛和蛞蝓。瑪拉問，這裡到底怎麼一回事？

絲絲的毛髮浮現在泥塊旁邊。毛髮與大便。帶骨肉與帶血肉。這些植物長得比那些太空猴下手得還快。

瑪拉問，「你打算怎麼辦？」

妳說什麼？

泥土裡有一個閃閃發亮的金色亮點，我跪下來瞧。接下來會發生什麼，我不知道，我跟瑪拉說。

看來我們兩個人都被拋棄了。

在我眼角的餘光中，太空猴在黑暗中走來走去，每一隻都彎腰捧著他的蠟燭。土裡的金色亮點是一顆補上了金子的臼齒。旁邊又冒出了兩顆臼齒，用銀合金補的。那是塊顎骨。

我說，沒辦法，我沒辦法說接下來會發生什麼。接著我把一顆、兩顆、三顆臼齒推進土裡、毛髮裡、大便裡、骨頭裡、血裡，在那裡瑪拉就什麼都看不見了。

18

星期五晚上，我上班的時候在辦公桌上睡著了。

醒來的時候，我的臉和我交叉的手臂貼在桌面，電話在響，其他人都走了。有通電話一直在我的夢裡響著，不清楚是現實溜進了我的夢還是我的夢淹過了現實。

我把電話接起來，意見採納與意外責任部。

那是我的部門。意見採納與意外責任部。

太陽正在下山，有懷俄明州和日本那樣大的暴風雨雲層層疊疊正朝著我們湧來。並不是我辦公的位置好到擁有窗戶。所有的外牆都是從屋頂到地板的大塊落地玻璃。一切都是垂直窗簾。一切都是工業級灰色薄地毯，散布著一點一點的小型墓碑標記物，好讓個人電腦插入網路。一切都是辦公隔間的迷宮，一個個用夾板撐起來的圍欄裝箱。

有具真空吸塵器在某處嗡嗡嗡。

我老闆去度假了。他寄了一封電子郵件給我，然後人就不見了。我得要在兩個星期內準備接受一場正式評估。預定會議室。把手上的籌碼都弄出來排排坐。更新我的履歷。諸如此類的事情。他們正在收集所有不利於我的證據。

我是絲毫不感意外的老王。

我最近的行為糟到極點。

我接起電話，是泰勒，他說，「到外面來，停車場上有幾個人在等你。」

我問，他們是誰？

「他們已經在等了，」泰勒說。

我聞到我手上的汽油味。

泰勒繼續說，「上路咯。他們有車，在外面。他們有輛凱迪拉克大轎車喔。」

我還沒睡醒。

這時候，我不確定泰勒是不是我的一場夢。

或者我是不是泰勒的一場夢。

我嗅了嗅手上的汽油。附近沒有半個人，我起身，走到外面的停車場。

鬥陣俱樂部裡有個人是搞車子的，所以他已經在路邊停好一輛別人的黑色勞斯萊斯敞篷車Corniche，我所能做的只是盯著車子看，全身黑色和金色的車子，這個巨大的香菸盒已經準備好要把我載到某處。這個幹技工的小子從車子裡走出來，叫我不用擔心，車牌已經跟另一輛停在機場長期停車場的車子換過了。

我們鬥陣俱樂部的這位技工說他什麼東西都啟動得了。駕駛盤中軸抽出兩條線。把線頭彼此接觸，你就完成了啟動器螺線管的電流迴路，你就有輛車子可以兜風了。

要不這麼做，要不你可以透過經銷商盜用汽車鎖的密碼。

三隻太空猴坐在後座，穿著他們的黑襯衫和黑長褲。非惡勿視。非惡勿聽。非惡勿言。

我問，那麼泰勒人在哪裡？

鬥陣俱樂部的這位技工替我獻上凱迪拉克大轎車專屬司機的開門服務。這位技工長得瘦瘦高高，全身骨頭，那副肩膀讓你想起電線桿上的橫槓。

我問，我們要去見泰勒嗎？

前座中央有一塊插了蠟燭的生日蛋糕在等著我。我坐了進去。我們開車。

參加鬥陣俱樂部一個星期後，就連開車不超速對你來講也不是問題了。也許整整兩天你都在屙黑大便，有內傷，可是你整個人會變得超酷。別人的車子在你四周開來開去。車子緊咬著你的車屁股。別的駕駛對你豎起中指。完全不認識你的陌生人恨死你。這絕對與個人無關。參加完鬥陣俱樂部之後，你感覺好放鬆，你就是沒辦法把那些小事放在心上。你連收音機都懶得打開。每次呼吸的時候，你的肋骨也許會沿著一條髮絲般的裂縫扎得你喊疼。在你後面的車子對你閃著大燈。太陽正在下山，金橘金橘的。

那個技工坐在那兒，開著車。那塊生日蛋糕就在我們中間。

在鬥陣俱樂部裡面遇到像我們的技工這樣的小子，那還真他媽的嚇人。這些瘦子，他們從不腿軟。他們會一直鬥到稀巴爛為止。白人看起來就像是浸泡在黃蠟裡刻了刺青的骷髏，黑人看起來就像是風乾了的肉，這群小伙子通常都混在一起，就像匿名戒毒會裡的戒毒互助夥伴那樣。他們從來不喊，停。彷彿他們全身上下都是精力，震動得如此快速，快到連身形都要糊了，這群大病初癒、正在復原中的小伙子。彷彿死去的方式是他們手頭上唯一剩下來的選擇，而他們選擇在鬥陣中陣亡。

他們必須彼此互鬥，這群小伙子。

其他人都不願意與他們單挑，他們也不能單挑別人，除非那個人也是個震動得不停的瘦子，一身的骨頭和衝勁，因為其他人都不願意登記跟他們上場一鬥。

像我們的技工那樣的小子在鬥陣的時候，旁觀的人連出個聲吶喊也不敢。

你只聽到鬥陣的人透過牙齒送進送出的呼吸聲，雙手拍打找施力點的聲音，當近距離纏鬥時，拳頭一搥又一搥地打在火柴棒般的空心肋骨上的呼嘯聲和衝擊聲。你看見這些小子身上皮膚下面的筋脈肌肉血管在跳動。他們的皮膚在唯一那盞孤燈下閃閃發光，流著汗，捆著繩，濕答答。

十、十五分鐘消失不見。他們發出一種氣味，他們流著汗，這些小子的氣味會讓你想起炸雞。

二十分鐘的鬥陣俱樂部一下子過去。最後，有一個小子會倒地。

鬥陣之後，在那個晚上剩下的時間裡，兩個戒毒復原的小子會混在一起，癱在一起笑著，因為鬥得如此用力。

自從參加了鬥陣俱樂部之後，這個幹技工的就一直在紙街那棟房子四周閒晃。要我聽他寫的歌。要我看他蓋的小鳥屋。這個小子給我看了一張女孩子的照片，問我覺得她是不是漂亮到可以跟她結婚。

坐在Corniche的前座，這小子說，「我幫你做的蛋糕，看見沒？我做的。」

今天不是我的生日。

「輪軸附近累積了些油漬，」那個幹技工的說，「不過我把機油和空氣濾清器給換了。閥門皮條和時間控制我都做過檢查了。今晚，應該會下雨，所以我把雨刷也換了。」

我問，泰勒在計畫什麼？

那個技工打開菸灰缸，把打火機塞了進去。他說，「這是個測驗嗎？你在測試我們嗎？」

泰勒在哪裡？

「鬥陣俱樂部規定第一條，不可以談論鬥陣俱樂部，」那個技工說。「『破壞計畫』規定第一條，不可以問問題。」

那麼有什麼他可以坦然相告的呢？

他說，「你必須了解一件事，你以你父親當作楷模想像上帝。」

在我身後，我的工作和我的辦公室變得越來越小，越來越小，越來越小，不見了。

我嗅了嗅手上的汽油味。

那個技工說，「如果你是男性基督徒並且住在美國，你以你父親當作楷模想像上帝。如果你從來不知道你父親，如果你父親翹頭或是死了或是從來不在家，關於上帝，你還有什麼可以相信？」

這些全都是泰勒的教條。在我睡著的時候潦草地寫在碎紙片上，接著交給我去公司打字影印。我全部都讀過。甚至連我老闆說不定也全都讀過了。

「你最後的下場會是，」那個技工說，「你花一輩子的工夫在尋找父親和上帝。」

「有件事你得認真思考，」他說，「上帝可能不喜歡你。有可能，上帝恨我們。所有可能發生的事裡面，這還不算是最糟糕的呢。」

泰勒的看法是，幹壞事來引起上帝注意比起一點都不受注意要來得好。也許是因為上帝的恨意比起祂的冷漠要來得好。

如果你有機會成為上帝最壞的敵人或者什麼都不是，你會怎麼選？

我們是上帝的第二胎，根據泰勒·德爾登的說法，在歷史上沒有特殊地位，也沒有受到特別注意。

除非引起上帝的注意，不然的話，我們別奢望會受到詛咒或者得到救贖。

哪一個比較糟糕，下地獄還是什麼都不是？

只有在我們被逮到被懲罰的時候，我們才會獲救。

「燒掉羅浮宮，」那個技工說，「用《蒙娜麗莎》來擦屁股。這樣子至少上帝會知道我們叫什麼名字。」

現在墜落得越低，將來會飛得越高。跑得越遠，上帝越想要你回來。

「如果浪子從來沒有離家，」那個技工說，「那頭肥羊就還能苟活。」

沙灘上數沙粒，天上數星星，這些都不夠。

那個技工把黑色Corniche開上沒有超車道的老舊輔助高速公路，已經有一連串的卡車集結在我們身後，以法定的速限開著。我們身後的頭燈填滿了整部Corniche，我們就在那裡，反映在擋風玻璃內側，講著話。以速限內的速度開車。法律允許開多快，我們就開多快。

法律就是法律，泰勒會這麼說。開太快跟丟把火是一樣的，跟放炸彈是一樣的，跟開槍殺人是一樣的。

罪犯就是罪犯就是罪犯。

「上個星期，我們本來可以再開四家鬥陣俱樂部的，」那個技工說。「如果我們找到酒吧的話，也許大鮑可以接手掌管下一個分會。」

所以到了下個星期，他就會跟大鮑講解一遍規定，接著給他一個屬於他自己的鬥陣俱樂部。

從現在開始，當領導開始當晚的鬥陣俱樂部時，當每個人都圍著地下室中心的那盞孤燈下等待時，領導應該四處走動，繞著人群的外圍走動，在黑暗中。

我問，誰想出這些新規定的？泰勒想的？

那個技工笑了笑，接著說，「你知道這些規定是誰想出來的。」

新規定說沒有人應該是鬥陣俱樂部的中心，他說。除了正在場上鬥的兩個人以外，沒有人應該是鬥陣俱樂部的中心。領導的聲音在旁邊吶喊，他的人會圍著人群慢慢走動，在外面的黑暗裡。身在群眾當中的男人們會透過房子淨空的中心死盯著對面的他人看。

所有的鬥陣俱樂部都會變成這樣。

找間酒吧或車庫開辦一處新的鬥陣俱樂部，這並不困難；第一間酒吧，鬥陣俱樂部最初的基地，到現在仍然持續聚會的地方，他們一個月的租金只需辦一場週六晚的鬥陣俱樂部就可以賺回來。

根據那個技工的說法，鬥陣俱樂部的另一條新規定，就是鬥陣俱樂部永遠免費。加入永遠不需要花錢。那個技工從駕駛座的窗口朝向外面川流不斷的車陣大喊，夜風從車子的側邊一湧而進：「我們要的是你，不是你的錢。」

那個技工對著窗外喊，「只要你人在鬥陣俱樂部，你的銀行戶頭並不代表你。你的工作並不代表你。你的家人並不代表你，你說你自己是誰的那個人也不代表你。」

那個技工在風中大喊，「你的名字不代表你。」

後座有隻太空猴接下去喊：「你的問題不代表你。」

那個技工大喊，「你的問題不代表你。」

有隻太空猴大吼，「你的年紀不代表你。」

那個技工大喊，「你的年紀不代表你。」

此時，那個技工把車子一扭，帶我們開上迎面的車道，車子裡填滿了透過擋風玻璃射進來的頭燈，跟朝下俯衝的日本鬼子一樣酷。一輛接著一輛的車子迎頭朝我們開來，車喇叭尖聲高叫，那個技工扭得恰恰好，沒撞上任何一輛。

頭燈朝我們而來，越來越大越來越大，車喇叭尖聲高叫，那個技工把脖子伸進刺眼的光線和刺耳的噪音中，他接著大喊，「你的希望不代表你。」

沒有人跟著他喊。

這一次，迎頭撞上的車子及時扭了車頭，救了我們一命。

另一輛車迎面而來，頭燈高低高低地閃爍，喇叭尖叫，那個技工接著大喊，「你不會獲救。」

那個技工並沒有扭開，不過迎頭的來車扭開了。

另一輛車，那個技工接著喊著，「總有一天，我們都會死。」

這一次，來車扭開了，但那個技工又扭向它的車道。那輛車扭了開來，那個技工接著跟它對上，再度迎頭撞去。

在那一刻你既熱脹又冷縮。那一刻，什麼都不重要。抬頭看看星星，接著你便不見了。行李不重要。什麼都不重要。你的臭口氣也不重要。窗外一片黑暗，身邊都是刺耳的喇叭聲。頭燈高高低低地在你的臉上閃爍，你再也不需要去上班。

你再也不需要剪頭髮。

「快。」那個技工說。

那輛車又扭了一次，那個技工又扭向它的車道。

「臨死前，」他說，「臨死前你會希望自己做過什麼？」

來車的喇叭猛催，技工的神情超酷，他甚至別過頭來看著前座坐在他身邊的我，接著他說，「撞擊前十秒。」

「九。」

「八。」

「七。」

「六。」

我的工作，我說。我希望把工作辭掉。

喇叭聲呼嘯而過，那輛車子扭了開來，那個技工並沒有扭回去撞它。

前頭有更多的車燈朝著我們而來，那個技工接著轉向後座的三隻太空猴。「嗨，太空猴，」他說，「這遊戲怎麼玩，你們都看到了。坦白從寬，不然我們死定了。」

一輛車從我們右邊擦過，上頭貼了張貼紙寫道，「酒醉駕車最爽。」報紙寫說某天早上成千張類似的貼紙突然出現在車上。還有別的貼紙寫著，「我愛人肉叉燒包。」

「酒醉駕駛對抗母親聯合陣線。」

「資源回收所有動物。」

讀著報紙，我知道這是「誤導委員會」幹的。也可能是「惡搞委員會」。

人坐在我身邊，我們這位乾乾淨淨清清醒醒的鬥陣俱樂部技工跟我說，是呀，那些關於酒醉的汽車貼紙都是「破壞計畫」的一部分。

那三隻太空猴在後座乖乖不作聲。

「惡搞委員會」正在印發航空公司口袋卡片，上頭有為了氧氣面罩爭得你死我活的乘客，他們火舌四竄的噴射客機則以每小時一千英里的速度往下撞山。

「惡搞委員會」和「誤導委員會」正在比賽，看誰先開發出能讓自動提款機故障到吐出一狗票百元、千元大鈔的病毒。

儀表板上的點菸器火熱熱地彈了出來，那個技工接著叫我點亮生日蛋糕上頭的蠟燭。

我把蠟燭點上，那塊蛋糕在燭火的小小光暈下閃閃爍爍。

「臨死前你會希望自己做過什麼？」那個技工說，並把我們一扭，迎頭衝上一輛卡車的車道。那輛卡車拉下汽笛，長長地吼了一聲又一聲，它的頭燈像是日出，越來越亮越來越亮，引爆了技工臉上的微笑。

「許個願，快，」他對著照後鏡裡面坐在後座的三隻太空猴說。「再過五秒鐘就沒人記得我們了。」

「一。」他說。

「二。」

現在我們面前滿滿的都是那輛卡車，明亮得讓人眼瞎，怒吼著。

「三。」

「騎馬。」後座傳了一句話。

「蓋房子。」傳來另一個聲音。

「刺青。」

那個技工說，「只要你們相信我，就可以死得直到永遠。」

太遲了，那輛卡車扭了車身，我們的技工也扭了車身，但是我們這輛 Corniche 的車尾勾到了卡車前端防撞桿的一角。

那時候我並不知道這些，我只知道那些燈光，那輛卡車的頭燈閃了一眼之後退入黑暗之中，我整個人先是撞上乘客座位的車門，然後撞上生日蛋糕以及坐在駕駛座後面的那位技工。

那個技工趴在駕駛盤上，螃蟹般的死抓著固定方向，生日蛋糕的蠟燭熄滅了。在完美的一秒鐘內，這輛溫暖的黑皮汽車裡面沒有任何光亮，我們的尖叫聲達到一種相同的深沉音調，跟卡車汽笛的低沉嗚嗚相同，我們失去控制，沒有選擇，失去方向，沒有退路，我們死定了。

現在我希望自己死去。跟泰勒比起來，我對這個世界一點用都沒有。

我感到無助。

我感到愚蠢，我只會渴望與需求。

我渺小的人生。我小小的狗屁工作。我的瑞典家具。我從來沒有，從來沒有跟別人講過這件事，不過在我遇到泰勒之前，我其實打算要買一隻狗，給牠取名叫「跟班」。

你的人生可以變得這麼糟。

殺了我吧。

我抓住駕駛盤，把我們拉回車流之中。

現在。

準備撤退你的靈魂。

現在。

那個技工把駕駛盤扯回去，朝水溝開，我則把它扯去他媽的死。

現在。死亡這個驚人的奇蹟，這一秒你還在走路講話，下一秒，你只是個死東西。

我什麼都不是，連死東西都不是。

冷。

看不見。

我聞到皮革的味道。我覺得安全帶在我身上糾纏，好像一件關罪犯的緊身衣，當我試著坐起來的時候，我的頭撞上駕駛盤。這一撞痛得非比尋常。我的頭擱在技工的腿上休息，抬起頭，我的眼睛調適了一下，看見高高在上的技工的臉，笑著，開著車，我還可以看見駕駛座車窗外的星星。

我的手和臉沾上了什麼東西黏黏的。

血？

鮮奶油。

那個技工向下看。「生日快樂。」

我聞到菸味，想起那塊生日蛋糕。

「我差點拿著你的頭把駕駛盤給敲壞了。」他說。

別的什麼東西都沒有，只有晚上的空氣與煙的味道，只有星星和技工的笑容，他開著車，我的頭在他的腿上，突然間我不覺得我得坐起來。

蛋糕在哪裡？

那個技工說，「在地板上。」

只有晚上的空氣與變濃了的煙味。

我的美夢成真了嗎？

在我的上方，窗戶上的星星勾勒著輪廓，那張臉笑著。「那些生日蠟燭，」他說，「永遠都不會熄滅。」

在星光中，我的眼睛調適好了，看見一縷縷煙從我們身邊升起，地毯上撒滿了小小的火苗。

19

那個鬥陣俱樂部的技工一腳踏在油門上，以他自己安靜的方式，在駕駛盤後面呼嘯著，而且今晚，我們還有重要的事情要辦。

在文明毀滅之前我一定還要學會一件事，那就是如何觀星判別方向。開著凱迪拉克穿過外太空，一切都很安靜。我們一定已經下了高速公路。後座的三個小子已經昏了或是睡了。

「你剛經歷一場瀕生經驗。」那個技工說。

他一手移開駕駛盤，空出來撫摸我前額在撞上駕駛盤時所留下來的一條長長的傷痕。我的前額腫得連眼睛都很難睜開，他一隻冰冷的指尖順手滑過整塊腫脹。Corniche 撞上一處坑洞，疼痛一湧而上，淹沒了我的雙眼，就像被帽舌打下的那片陰影遮蔽住了一樣。我們扭曲的車尾跳上跳下，防撞桿在四周一片寧靜中吱吱嘎嘎，伴著我們朝夜路往下衝。

那個技工說Corniche的後端防撞桿如何只剩一條線的孤懸在後，如何跟卡車的前端防撞桿勾上時被扯開。

我問，今晚是不是他「破壞計畫」回家作業的一部分？

「有部分是，」他說。「我必須找四個人做犧牲，我還得收集一大堆脂肪。」

脂肪？

「做肥皂用的。」

泰勒在計畫什麼？

那個技工開始說話，一字一句百分百泰勒．德爾登。

「我見過一些歷史上最強壯最聰明的人，」他說，駕駛座窗戶外的星星勾勒出他的臉龐，「而這些人卻在替人加油或是端盤子。」

他的額頭起起落落，他的眉毛，他鼻子的弧度，他的眼睫毛和他眼睛的曲線，他講著話的嘴巴那塑膠般的輪廓，這一切都襯托星星凸顯在黑暗之中。

「如果我們把這些人安置在訓練營，把他們好好養大。

「一把槍幹的事也只不過就是把爆炸集中瞄準在一個方向。

「你有一班年輕強壯的男男女女，他們想要奉獻生命。廣告讓這些人追逐他們不需要的汽車和衣服。一代又一代都在他們痛根的工作中賣力，只為了購買他們根本就不需要的東西。

「我們這一代並沒有經歷大戰，或大蕭條，但是我們的確有場精神大戰要打。我們有場反對文化的大革命。大蕭條的是我們的人生。我們有一場精神大蕭條。

「為了讓他們看到自由，我們必須奴役這些男男女女，為了讓他們見識勇氣，我們必須讓他們害怕。

「拿破崙誇耀說他可以把人訓練到為一條絲帶而犧牲生命的程度。

「想像一下，當我們號召罷工，當所有人都拒絕工作，直到世界的財富重新獲得分配的時候，那該會是怎樣的景象。

「想像一下，在洛克菲勒中心遺址四周的潮濕峽谷森林裡穿梭獵捕麋鹿。

「關於你的工作，你剛才說的，」那個技工說，「你真的當真嗎？」

是呀，我當真。

「這就是今晚我們為什麼要上路的原因。」他說。

我們是群飢渴的狩獵隊伍，我們要去獵捕脂肪。

我們要去醫療廢料丟棄場。

我們要去醫療廢料焚化場，那裡有廢棄的外科手術衣和傷口包紮材料，有長了十年的腫瘤以及靜脈管線以及棄置的針頭，一些恐怖的東西，真的很恐怖的東西，還有血液樣本以及切除的人體殘塊，在這些東西之間，我們將找到很多錢，比我們一個晚上能拖走的還要多，就算我們開來一輛裝垃圾的卡車都裝不下。

我們將找到足夠的錢，把這輛Corniche塞到爆。

「脂肪，」那個技工說，「從全美最富有的大腿抽脂抽下來的脂肪。世界上最富有最多脂的大腿。」

我們的目標是紅色大袋子，裡面裝有抽脂下來的脂肪，我們會把這些袋子拖回紙街，熬煮脂肪，混合濃鹼和迷迭香，接著物歸原主地回賣給那些付錢把這些脂肪抽出來的人。一塊二十美金，只有他們這些人買得起。

「世界上最富有，最油光的肥脂，土地上的肥脂，」他說。「這讓今晚的行動像是羅賓漢在劫富濟貧。」

蜜蠟的小小火花在地毯上劈哩啪啦。

「既然我們都在這裡了，」他說，「我們還應該找一些肝炎病毒才對。」

20

現在眼淚真的傾盆而下了，其中一把還肥滾滾地沿著槍身流到扳機的環形孔周圍，大塊大塊地在我的食指上爆開。雷蒙·黑索的兩眼緊閉，於是我把手槍緊緊地壓在他的太陽穴上，這樣他就可以一直感受到有槍壓在那裡，我就在他身邊，而這就是他的人生，他隨時都會死。

這可不是一把廉價手槍，我心裡想，不知道鹽分會不會把它弄壞。

每件事都如此容易，我心裡想。我照著那個技工說的把每件事都做了。這就是為什麼我們需要買把槍的原因。我這是在做我的回家作業。

我們每個人都得要交給泰勒十二張駕駛執照。這證明我們每個人都找了十二個人做犧牲。

今晚我把車停下，在轉角處等候雷蒙・黑索從通宵營業的角落超商下班，大約午夜時分，他正在等夜間公車，我在這個時候終於走上前說，哈囉。

雷蒙・黑索，雷蒙他什麼話也沒說。或許他以為我要他的錢，他的最低薪資，他皮包裡的十四塊美金。喔，雷蒙・黑索，二十三歲大的人了，等到你哭起來，眼淚從我壓著你太陽穴的手槍槍身滾了下來，錯，這跟錢沒有關係。不是每件事情都跟錢有關。

你甚至沒有說，哈囉。

你可憐的小皮包並不代表你。

我說，夜色真好，冷，但是清爽。

你甚至沒有說，哈囉。

我說，別跑，跑了我就朝你背後開槍。我掏出手槍，我手上戴了乳膠手套，所以萬一哪天這把槍變成了呈堂證物，上頭除了雷蒙・黑索，二十三歲無特徵白人，乾掉的眼淚之外，什麼都不會留下。

後來你終於注意聽我講話了。你的眼睛夠大，大到連站在街燈下我都能看見你那抗冷凍的綠色眼睛。

每次手槍碰觸到你的臉，你就會往後抽動一點點，彷彿槍身太熱或是太冰。直到我說，別後退，後來你就讓手槍與你接觸，不過即使到了那時候，你也把你的頭抬起，遠離槍身。

照我說的做，把你的皮包給我。

你的駕照上寫的名字是雷蒙．K．黑索。你住在SE班寧街1320號，A棟。那一定是個地下室公寓。他們通常都用字母而非數字給地下室公寓編號。

雷蒙．K．K．K．K．K．黑索，我在跟你講話。

你的頭抬起，遠離槍身，接著你說，是呀。你說，是的，你住在地下室。

你的皮包裡還有一些照片。有你媽媽的。

這個就難了，你必須張開眼睛看著這張爸爸媽媽在微笑的照片，同時看見這把手槍，不過你做到了，然後你的眼睛就閉了起來，你接著就哭了起來。

你即將冷卻，死亡那驚人的奇蹟。這分鐘，你還是個人，下分鐘，你就是塊死東西，老媽老爸還得要打電話給某某老醫生，向他要你的牙醫紀錄，因為你那張臉不會剩下太多，而老媽老爸，他們總對你期望很高，沒辦法，人生不是公平的，現在一切搞成這般田地。

十四塊。

這個人，我說，這個人是你媽？

是呀。你在哭，擤著鼻涕，哭著。你嘛了口氣。是呀。

你有一張圖書館借閱證。你有一張錄影帶租售卡。一張社會保險卡。十四塊錢現金。我想把公車票拿走，但是那個技工說只拿駕照。一張過期的社區大學學生證。

你之前還讀了點東西。

此刻你大費周章地哭得很精采，所以我把手槍壓在你的臉頰上，更緊一點，你開始後退，直到我說，別動，不然你就當場死在這裡。現在跟我說，你之前讀什麼？

哪裡？

在大學裡，我說。你有張學生證。

喔，你不知道，啜泣，吞嚥，抽抽搭搭，生物學。

聽著，現在，你就要死了，雷蒙．K．K．K．黑索，就在今夜。你可以在一秒鐘內死去，或是一小時，你自己決定。儘管對我撒謊啊。告訴我你腦袋冒出來的第一個想法。編個故事。我不管是什麼屁。我有槍。

最後，你總算在聽話，從你腦袋裡的小小悲劇裡漸漸醒轉。

我們來填空。雷蒙．黑索長大的時候想要成為什麼？

回家，你說你只想回家，求求你。

放屁，我說。不過在那之後，你打算怎麼度過你的人生？如果全天下隨便什麼事情都可以的話。

編個故事。

你不知道。

那麼你現在就受死吧，我說。我說，現在把頭轉過來。

死亡倒數，十、九、八。

獸醫，你說。你想成為一個獸醫。

也就是說跟動物有關咯。那得去學校上課。

也就是說要上的課太多了，你說。

你可以在學校苦讀，雷蒙·黑索，或者你也可以當場死去。你來選。我把你的皮包塞回你的牛仔褲口袋。那麼你真的想成為動物醫生。我把灌滿鹽水的槍管從這邊的臉頰移走，壓在另一邊。這就是你一直夢想的願望，成為雷蒙·K·K·K·K·黑索醫師，一位獸醫？

是呀。

屁話？

是。不是，你的意思是，不是屁話，是要當獸醫。

好吧，我說，接著我把濕濕的槍口壓在你的下巴尖，然後是你的鼻尖，槍口所到之處，都留下濕濕一圈亮晶晶的你的眼淚。

那麼，我說，回去上學。只要你明天早上起得了床，你就找個辦法回學校去。

我把手槍濕的那頭壓在那張臉頰上，然後是你的下巴，然後是你的前額，到了那兒，槍口就壓著。我現在大可斃了你，我說。

我有你的駕照。

我知道你是誰。我知道你住哪。我要保留你的駕照，我要檢查你，雷蒙・K・黑索先生。三個月後，然後是六個月，然後是一年，如果你沒有自食其力回學校去，成為獸醫，你就會死。

你什麼話也沒說。

從我面前消失，去過你的小小人生，不過給我記清楚，我在監視你，雷蒙・黑索，我寧可把你給斃了，也不想看到你在幹一份爛工作，不過為了賺錢買起司和看電視。

現在，我要走開，你的頭別亂動。

這就是泰勒要我做的。

這都是泰勒的話從我的嘴巴裡說出來。

我是泰勒的嘴巴。

我是泰勒的手。

「破壞計畫」裡的每個人都是泰勒．德爾登的一部分，反之亦然。

雷蒙．K．K．黑索，你的晚餐吃起來將會比你吃過的任何一餐都要來得甜，明天將會是你這一生最美麗的一天。

21

你在天空之港國際機場醒來。

你把手錶調慢兩小時。

接駁巴士把我載到鳳凰城市中心，我光顧的每家酒吧裡都看到有人眼袋四周縫了線，一記重拳把臉上的肉擊成界限分明的一圈。有的人則鼻子歪斜，這些酒吧裡的人一看到我臉頰上的破洞，我們瞬間就變成親密的一家人。

泰勒有一段時間沒回家了。我繼續幹著我的小營生。我一個機場換過一個機場，到處去察看裡頭死了人的汽車。旅行的魔力。渺小的人生。渺小的肥皂。渺小的機艙座椅。

旅程中，每到一處，我便詢問泰勒的下落。

萬一我找到他，十二個人類犧牲品的駕照就在我的口袋裡，隨時可以拿出來。

我光顧的每家酒吧，每家他媽的酒吧，裡面都看得到被海扁過的人。每家酒吧，他們都會跟我親熱拍肩，想要請我喝啤酒。那情況就好像我早知道哪家是鬥陣俱樂部酒吧似的。

我問，他們有沒有見過一個叫做泰勒·德爾登的人。

問他們知不知道鬥陣俱樂部，這問題很笨。

鬥陣俱樂部規定第一條，不可談論鬥陣俱樂部。

不過他們見過泰勒·德爾登嗎？

他們說，從沒聽說過這號人物，長官。

不過在芝加哥可能找得到他，長官。

一定是因為我臉上那個洞，每個人都喊我長官。

他們還跟我眨眼睛。

你在歐海爾機場醒來，接著搭接駁巴士抵達芝加哥。

把手錶調快一小時。

如果你可以在不同的地方醒來。

如果你可以從不同的時間醒來。

你為什麼不可以醒來變成不同人？

你光顧的每家酒吧，裡頭被痛毆的人都想請你喝啤酒。

沒有，長官，他們從沒見過泰勒．德爾登。

他們還跟我眨眼睛。

他們從來沒有聽過這個名字。長官。

我問起鬥陣俱樂部。今晚，附近有沒有鬥陣俱樂部？

沒有，長官。

鬥陣俱樂部規定第二條，不可談論鬥陣俱樂部。

酒吧裡被痛毆過的那些傢伙搖了搖他們的頭。

從沒聽說過這號人物。長官。不過在西雅圖可能可以找到你說的鬥陣俱樂部，長官。

你在梅格田機場醒來，打了電話給瑪拉，了解一下紙街的近況。瑪拉說現在所有的太空猴都把頭髮剃光。他們的電動刮鬍刀用到過熱，現在整間房子聞起來像是一堆燒焦的毛髮。太空猴正用濃鹼把他們的指紋燒掉。

你在西塔克機場醒來。

把手錶調慢兩小時。

接駁巴士把你載到西雅圖市中心，你光顧的第一家酒吧的酒保脖子上戴了一副護頸，讓他的頭朝後大幅度的傾斜，他必須努力往下盯著他那條破爛的紫色茄子鼻看，才能對你發出微笑。

酒吧空無一人，那個酒保接著說，「歡迎再度光臨，長官。」

我從來沒有來過這間酒吧，從以前到現在，從來沒有。

我問他知不知道泰勒．德爾登這個名字。

酒保微微笑，下巴從白色護頸上端努力地冒了出來，問說，「這是在考我嗎？」

是呀，我說，這是在考你。他見過泰勒．德爾登這個人嗎？

「你上個星期來過呀，德爾登先生，」他說。「你不記得了嗎？」

泰勒來過這裡。

今晚之前，這裡我從沒來過。

「你說了就算，長官，」那個酒保說，「可是星期四晚上，你進來問警察打算多快就要將我們關閉。」

上個星期四晚上，我整晚都失眠醒著，心裡想著我到底醒著還是睡著了。星期五早上我很晚才醒來，筋骨痠痛，覺得自己根本沒有闔過眼。

「是的，長官，」那個酒保說，「星期四晚上，你就站在你現在站的位置問我有關警察查封的事，你還問我我們必須拒絕多少人進入星期三的鬥陣俱樂部。」

那個酒保扭了扭肩膀和戴了護頸的脖子，四下望望空無一人的酒吧，他接著說，「沒有人會聽到的，德爾登先生，長官。昨晚，我們就拒絕了二十七個人頭。這個地方在鬥陣俱樂部結束後當晚總是空的。」

這個星期我光顧的每家酒吧，每個人都喊我長官。

我光顧的每家酒吧，裡頭被海扁過的鬥陣俱樂部成員全都開始看起來很相像。一個陌生人怎麼會知道我是誰？

「你有塊胎記，德爾登先生，」那個酒保說。「在你的腳上。形狀像是一塊暗紅色的澳洲，旁邊有塊紐西蘭。」

只有瑪拉知道這件事。瑪拉和我父親。連泰勒都不知道。我去海灘的時候，我總是把腳疊在屁股下坐著的。

現在，我沒有得到的那個癌症已經蔓延到處都是。

「『破壞計畫』裡的每個人都知道，德爾登先生。」那個酒保舉起他的手，把他的手背朝向我，有個吻痕燒在他的手背上。

我的吻？

泰勒之吻。

「每個人都知道那塊胎記的事，」那個酒保說。「那是傳奇的一部分。你他媽的漸漸變成一則傳奇了，老哥。」

我從我西雅圖的汽車旅館打電話給瑪拉問我們有沒有做過那回事。

你知道嘛。

長途電話，瑪拉說，「什麼？」

睡在一起。

「什麼！」

你知道嘛，我有沒有跟她上過床？

「我的天啊！」

怎樣？

「怎樣？」她說。

我們有沒有上過床？

「你真他媽的混蛋。」

我們上過床？

「我要把你殺了！」

這是肯定還是否定？

「我就知道會這樣，」瑪拉說。「你真是善變。你愛我。你忽略我。你救了我一命，然後你把我母親煮成肥皂。」

我捏了自己一把。

我問瑪拉我們怎麼認識的。

「在那次什麼睪丸癌的東東，」瑪拉說。「然後你救了我一命。」

我救了她的命？

「你救了我一命。」

泰勒救了她一命。

「你救了我一命。」

我舉起指頭穿過臉頰上的洞，然後東摳摳西弄弄。這應該可以超級無敵大聯盟地把我弄得痛醒過來。

瑪拉說，「你救了我一命。麗晶飯店。我意外試圖自殺。記得嗎？」

喔。

「那天晚上，」瑪拉說，「我說我想把你的孩子拿掉。」

我們的機艙剛剛已經失壓。

我問瑪拉我叫什麼名字。

我們全部都會死。

瑪拉說，「泰勒‧德爾登。你的名字叫做泰勒‧給腦袋擦屁股‧德爾登。你住在NE紙街5123號，那裡現在住滿你的小徒弟，忙著把頭髮剃光，用濃鹼把皮膚燒掉。」

我得睡點覺了。

「你給我滾回來，」瑪拉透過電話對我吼，「趕在那些小矮人把我煮成肥皂之前。」

我得把泰勒找出來。

她手上的疤痕，我問瑪拉，她怎麼弄成那樣的？

「你，」瑪拉說。「你吻了我的手。」

我得把泰勒找出來。

我得睡點覺了。

我得睡覺。

我得去睡覺。

我跟瑪拉說晚安，瑪拉的尖叫聲接著變得越來越小越來越小，在我伸手出去掛上電話的時候不見了。

22

一整晚，你的思緒都飄在空中，沒有著落。

我在睡覺嗎？我睡著了嗎？失眠就是這樣。

試著每吐一口氣輕鬆一次，可是你的心臟仍在狂跳，你的思緒在腦中打著旋風。

什麼都沒有用。導引式的冥想沒有用。

你人在愛爾蘭。

數羊沒有用。

你數了數從你記得最後一次睡著以來到現在的每天、每個小時、每一分鐘。你的醫生笑了笑。還沒有人因為睡眠不足而死的。頂著你那張像是陳年爛水果的臉，你以為你死了。

凌晨三點剛過，身處西雅圖某家汽車旅館的大床上，要找一處癌症互助團體來投靠，現在，太晚了。要找那些藍色的安米妥鈉膠囊或是唇膏般紅的速可眠鈉，那些狗狗谷的整套設備，現在太晚了。清晨三點剛過，找不到一家鬥陣俱樂部可以進去。

你得把泰勒找出來。

你得睡點覺。

然後你還醒著，泰勒就站在床邊的黑暗裡。

你醒了過來。

你就要睡著的那一刻，泰勒站在那裡說，「醒來。醒來，我們解決了西雅圖這裡的警察問題。醒來。」

警察局局長想要取締他所謂的幫派類型活動以及下班後的拳擊俱樂部。

「不過不用擔心，」泰勒說。「局長先生應該不構成問題了，」泰勒說。「現在我們抓到他的卵蛋了。」

我問泰勒是不是在跟蹤我。

「真好笑，」泰勒說，「我也想問你同樣的問題。你跟別人講到我，你這個小王八蛋。你打破你的誓言了。」

泰勒心裡想著我要到什麼時候才會搞清楚他是誰。

「每次只要你一睡著，」泰勒說，「我就跑出去做些瘋狂的事，你完全想不到的事。」

泰勒在床邊跪了下來輕聲細語，「上個星期四，你睡著了，我就搭飛機到西雅圖的鬥陣俱樂部小小地探視了一番。察看一下拒收的人數有多少這種事。尋找新鮮的人才。我們在西雅圖也有『破壞計畫』在進行。」

泰勒的指頭沿著我腫脹的眉毛摸了摸。「我們在洛杉磯和底特律都有『破壞計畫』，在華盛頓的『破壞計畫』規模很大，還有在紐約。我們在芝加哥的『破壞計畫』大到你無法相信。」

泰勒說，「我不敢相信你居然不守誓言。規定第一條就是你不可以談論鬥陣俱樂部。」

上個星期他在西雅圖，那個戴著護頸的酒保告訴他警方將要查禁鬥陣俱樂部。特別想要這麼做的人是警察局局長。

「事情是，」泰勒說，「我們有警察來參加鬥陣俱樂部，而且真的很喜歡。我們有新聞記者和法律事務所職員和律師，我們在事情要爆之前什麼都知道了。」

我們就要被迫關門。

「至少在西雅圖是如此，」泰勒說。

我問泰勒做了什麼？

「我們做了什麼，」泰勒說。

我們召開了一次「攻擊委員會」會議。

「從現在開始，不再是我跟你了，」泰勒說，接著他捏了捏我的鼻頭。「我想你已經想出來了。」

我們兩個共用同一具身體，但是時間不同。

「我們召開了一次特殊的回家作業任務，」泰勒說。「我們說，『把西雅圖某某警察局長大人熱呼呼的睪丸拿來給我。』」

我不是在做夢。

「你是，」泰勒說，「你是在做夢。」

我們把十四隻太空猴組成一隊，其中五隻太空猴是警察，今晚局長大人蹓狗的公園裡面都是我們的人。

「別擔心，」泰勒說，「狗會沒事的。」

整場攻擊所花的時間比我們最佳的操練結果還要快上三分鐘。我們預期要花十二分鐘。我們的最佳操練結果是九分鐘。

我們有五隻太空猴把他抓在地上。

泰勒在跟我講這件事，可是不知怎地，我已經知道了。

三隻太空猴在把風。

一隻太空猴拿著乙醚。

一隻太空猴把大人的運動褲扯下來。

那隻狗是隻西班牙狗，牠只是待在那裡叫了又叫。

叫了又叫。

叫了又叫。

一隻太空猴拿橡皮皮條在大人的蛋包上端繞了三圈，直到確實夠緊了。

「在他兩腿之間的是一隻拿著刀的太空猴，」泰勒一張稀巴爛的臉在我耳邊輕聲細語。「我就在警察局長大人的耳朵邊輕聲細語地說，他最好停止查禁鬥陣俱樂部，否則我們就會跟全世界宣布警察局長大人沒卵蛋。」

泰勒輕聲細語地說，「你想你還能有什麼前途，局長大人？」

橡皮皮條阻絕了下面傳來的任何感覺。

「你想你的政治生涯會有什麼前途，要是你的選民知道你沒種？」

至此為止，大人已經喪失所有知覺。

老哥，他的種摸起來像冰塊一樣冷。

即便只有一家鬥陣俱樂部遭到關閉，我們也會把他的種東送西送到處送。一顆跑到《紐約時報》，一顆跑去《洛杉磯時報》。一家一顆。算是一種新聞稿吧。

那隻太空猴用嘴巴咬開乙醚瓶，局長說，不要。

接著泰勒說，「除了鬥陣俱樂部，我們沒什麼好損失的。」

那位局長，他要損失的可是一切。

留給我們的全都是這個世界的大便和垃圾。

泰勒對局長兩腿之間拿著刀的太空猴點了點頭。

泰勒問，「想像一下，你的下半輩子都要甩著一包空彈匣走來走去。」

局長說，不要。

不要。

住手。

求求你們。

喔。

天啊。

救命啊。

救我。

救命啊。

不要。

我。

天啊。

我。

阻止。

他們。

接著那頭太空猴一刀劃下，只切斷了橡皮皮條。

六分鐘，整整六分鐘，我們就完成了。

「好好記住，」泰勒說。「你成天踩在腳下的這批人，你仰賴的每個人都是我們的一份子。我們就是那些幫你洗衣燒飯端盤子的那些人。我們替你鋪床。我們在你睡覺的時候幫你看家。我們幫你開救護車。我們接通你的電話。我們是廚師，我們是計程車司機，我們知道你每一件事。我們受理你的保險理賠，你的信用卡簽帳。我們控制你每一部分的生活。

「我們是歷史的第二胎，讓電視養大，相信我們有一天會是百萬富翁電影明星和搖滾巨星，可是我們不是。我們剛剛才知道這個事實，」泰勒說。「所以別來他媽的煩我們。」

那隻太空猴必須用力才能把乙醚往下倒，硬灌進局長那陣哭哭啼啼之中，送他一路好眠。

另一位組員替他穿好衣服，把他和他的狗帶回家。此後，要不要保守這個祕密由他決定。接下來，沒了，我們再也不用擔心什麼鬥陣俱樂部會被查禁的鳥事了。

大人他回了家，嚇壞了，但毫髮無傷。

「每次我們進行這些小小的回家作業時，」泰勒說，「這些沒什麼好損失的鬥陣俱樂部兄弟就會透過『破壞計畫』而更加投入。」

泰勒跪在我的床邊說，「把眼睛閉起來，把手給我。」

我把眼睛閉上，泰勒拿起我的手。我感覺泰勒的唇在他的吻痕邊移動。

「我說過一旦你在我背後談論我，你就永遠別想見到我，」泰勒說。「我們不是兩個人。長話短說，當你醒著的時候，你控制一切，你要叫自己什麼名字都可以，可是一旦你睡著，我就接管，你就變成了泰勒·德爾登。」

可是我們鬥過陣啊，我說。我們發明鬥陣俱樂部的那個晚上。

「你不是真的在跟我鬥，」泰勒說。「你跟你自己這樣說。你是在跟生命中你恨的每一件事鬥。」

可是我看得到你啊。

「你睡著了。」

可是你租了一間房子啊。你有工作。兩份工作。

泰勒說，「把你銀行註銷的支票調出來。我用你的名字租房子。我想你會發現用來當作租屋訂金支票上頭的字跡，跟我要你替我打字的紙條上的一模一樣。」

泰勒一直在花我的錢。難怪我一直超支。

「至於工作，那個嘛，你想你為什麼會那麼累。哎喲，那不是失眠。你一旦睡著，我就接管，然後跑去工作或是鬥陣俱樂部什麼的。你算幸運了，我沒去找個弄蛇人之類的工作吶。」

我說，可是還有瑪拉啊？

「瑪拉愛你。」

瑪拉愛你。

「瑪拉不知道你跟我有什麼差別。你們認識的當晚你給了她一個假名。你在互助團體裡從來不用真名，你這個不老實的混蛋。因為我救了她一命，瑪拉以為你名字叫做泰勒．德爾登。」

所以，現在我知道泰勒這個人，他就會這樣消失不見了嗎？

「不會，」泰勒說，還繼續握著我的手，「如果一開始你不要我，我根本不會在這裡。我還是會在你睡覺的時候過我的日子，可是如果你他媽的找我麻煩，如果你晚上用鏈子把自己綁起來，或是吞下大量的安眠藥，那麼我們就會是敵人。我會把你幹掉。」

喔，狗屁。這是一場夢。泰勒是一種心理投射。他是一種人格分離的精神失常。一種精神上的賦格狀態。泰勒．德爾登是我的妄想人物。

「去你媽的大便，」泰勒說。「也許你才是我精神分裂下的妄想人物。」

我先到的。

泰勒說，「是呀，是呀，是呀，那麼就讓我們看看撐到最後的會是誰。」

這不是真的。這是一場夢，我就要醒來了。

「那就醒來吧。」

接著電話在響，泰勒不見了。

太陽透過窗簾照了進來。

那是我設定的七點鐘起床鬧鈴，當我接起電話時，對方就斷了線。

23

快轉，我飛回家去見瑪拉和紙街肥皂公司。

所有的一切還在崩解。

在家裡，我嚇得不敢打開冰箱看。想像一下，成打裝三明治的小塑膠袋，上頭的標籤寫著像是拉斯維加斯芝加哥和密耳瓦基等城市的名字，那些泰勒為了保護鬥陣俱樂部分會而必須落實的威脅。每個袋子裡面都有可能是一對血淋淋的肉塊，冰凍得像石頭。

在廚房一角，有隻太空猴蹲在破了的油氈布上，拿著伴手鏡子在端詳他自己。「我是這個世界上又唱又跳的垃圾，」那隻太空猴對著鏡子說。「我是上帝在創造萬物時留下的有毒廢料副產品。」

其他太空猴則在花園裡走動，撿撿這個，殺殺那個。

一手按在冰箱門上，我深深地吸了口氣，試著要讓我開竅了的精神實體集中注意力。

雨滴落玫瑰

迪士尼動物快樂

我的蛋痛

冰箱開了一角，這時候瑪拉從我肩膀上瞄了一眼說，「晚飯吃什麼？」

那隻太空猴看著蹲在伴手鏡裡面的自己。「我是創造萬物後的大便會傳染的人類廢料。」

轉了一圈全開了。

大約一個月前，我害怕讓瑪拉看到冰箱裡面的東西。現在我自己害怕看到冰箱裡有什麼。

喔，天啊。泰勒。

瑪拉愛我。瑪拉不知道有什麼差別。

「我很高興你回來了，」瑪拉說。「我們得談談。」

喔，是呀，我說。我們得談談。

冰箱我就是開不了。

我是胯下越縮越小的老王。

我跟瑪拉講，冰箱裡面的東西全都不要碰。連冰箱門都不要開。要是你在裡面找到了什麼東西，千萬別吃，也別餵給貓或別的什麼吃。拿著伴手鏡的太空猴正在瞄我們，所以我跟瑪拉說我們必須離開。我們需要換個地方才能談。

地下室樓梯下面，一隻太空猴正在對其他太空猴宣讀。

「製造燒夷彈的三種方法：一，你可以混合等量的汽油和冰凍的濃縮橘子汁，」地下室的那隻太空猴念道。「二，你可以混合等量的汽油和健怡可樂。三，你可以把貓大便丟進汽油裡溶解，直到混合物變得濃稠。」

瑪拉和我，我們搭大眾運輸系統從紙街肥皂公司來到丹尼斯星球餐廳的一處窗邊座位，橘子星球。

這也是泰勒講過的東西，他說自從英國包辦了所有的探險，殖民地的建立和地圖的繪製，地理上大部分的地方都有那種二手英國名字。每件事的名字都是英國人取的。幾乎每件事啦。

像是，愛爾蘭。

澳洲的新倫敦。

印度的新倫敦。

愛達荷州的新倫敦。

紐約州的紐約（新約克，New York）。

快轉到未來。

照這樣子看下去，等到太空冒險方興未艾的時候，所有新的星球大概都是那些超級大公司發現繪圖的吧。

ＩＢＭ星雲團。

菲利普摩里斯銀河系。

丹尼斯星球。

哪個大公司先霸王硬上弓，那個星球都會變成該公司的企業認同。

百威世界。

我們的服務生在前額上戴了顆大鴨蛋，腰桿挺直地站著，雙腳並攏。「長官，」我們的服務生說。「長官！您現在要點菜嗎？」他說。「長官！您點的任何東西都免費。」

你可以想像在每個人的湯裡面聞到一股尿騷味。

兩杯咖啡，謝謝。

瑪拉問，「他為什麼要免費請我們？」

那個服務生以為我是泰勒．德爾登，我說。

既然如此，瑪拉點了炸蛤蜊、蛤蜊濃湯、魚肉拼盤、炸雞，統統配上烤馬鈴薯，再加上巧克力戚風派。

透過廚房送菜窗口望進去，裡頭三個廚師站成一排，其中一個上唇有縫線，三個都對著瑪拉和我看，三顆瘀青滿包的頭湊在一起輕聲細語。我跟那個服務生說，拜託，給我們乾淨的食物。拜託，千萬別在我們點的東西上頭加髒東西。

「那樣子的話，長官，」我們的服務生說，「容我建議這位小姐不要點蛤蜊濃湯。」

謝謝。不點蛤蜊濃湯了。瑪拉看著我，我告訴她，相信我。

那個服務生原地腳跟一轉，帶著我們點的菜單走回廚房。

透過廚房送菜窗口望進去，裡頭三個廚師站成一排，對我翹起了大拇指。

瑪拉說，「變成泰勒．德爾登的話，會有一些不錯的怪胎伺候著。」

從現在開始，我跟瑪拉說，不管晚上我去到什麼地方，她都要緊緊跟著我，寫下我去的每個地方。我見了誰。我有沒有把什麼重要人士給閹了。諸如此類的細節。

我把皮包掏出來，給瑪拉看我在駕照上面的真實姓名。

不是泰勒．德爾登。

「可是每個人都知道你叫泰勒．德爾登，」瑪拉說。

每個人，除了我以外。

辦公室沒有人叫我泰勒．德爾登。我老闆叫我的真實姓名。

我父母知道我到底是誰。

「那麼為什麼，」瑪拉問，「對某些人來說你是泰勒．德爾登，而不是全部人？」

我第一次認識泰勒的時候，我睡著了。

我既累又瘋又趕，每次我坐飛機的時候，都希望飛機墜機。我嫉妒因為癌症死去的人。我痛恨我的人生。我的工作和我的家具讓我感到疲憊和厭煩，我又看不到有什麼改變的方法。

只有把一切結束。

我覺得自己陷入圈套。

我太齊備了。

我太完美了。

我想要替我的渺小人生找一個出路。一人份的奶油和狹窄的機艙座位就是我在這世上所扮演的角色。

瑞典家具。

聰明的藝術。

我給自己放假。我在沙灘上睡著了，醒來的時候就看見泰勒·德爾登，光著身子冒著汗，身上一粒粒都是沙子，他的頭髮濕答答地結成一條一條，懸在臉上。

泰勒正從浪裡把浮木給拖上沙灘。

泰勒做出來的東西是一隻大手掌的陰影，泰勒就坐在他自己創造的完美手掌之中。

一瞬間，你最多只能期望完美維持一瞬間。

也許我從來沒有真正在那個沙灘上醒來。

也許一切都從我在布拉尼巧言石上頭撒尿開始的。

當我睡著的時候，我不是真的睡著。

在丹尼星球的其他桌子上，我數著一個、兩個、三個、四個、五個臉頰骨發黑、鼻梁骨折斷的小子在對著我微笑。

「對，」瑪拉說，「你不睡覺的。」

泰勒．德爾登是我創造出來的另一個人格，現在他威脅要接管我的真實人生。

「就好像在《驚魂記》裡頭，安東尼．伯金斯的母親一樣，」瑪拉說。「這個好酷。每個人都有一些小小的怪癖。有一次，我跟一個人約會，他就是沒辦法停止在自己身上打洞。」

我要講的重點是，我說，我睡著了，然後泰勒就用我的身體和打爛了的臉到處跑去犯罪。隔天早上，我醒來的時候覺得腰痠背痛筋疲力竭，我相信我根本沒有睡。

隔天晚上，我會早點上床睡覺。

那個隔天晚上，泰勒主控的時間會變得久一點。

每天晚上我早一點然後再早一點上床睡覺，泰勒主控的時間就會變得久一點然後再久一點。

「不過你就是泰勒啊，」瑪拉說。

不是。

不對，我不是。

我喜歡泰勒這個人，他的勇氣他的聰明。他的膽量。泰勒既風趣又迷人，有威嚴又獨立，大家都仰慕他，期待他來替大家改變世界。泰勒有能力有自由，我沒有。

我不是泰勒．德爾登。

「不過你就是，泰勒，」瑪拉說。

泰勒和我共用一具身體，直到現在，我以前不知道。泰勒跟瑪拉上床的時候，我都睡著了。泰勒走路講話的時候，我以為我睡著了。

鬥陣俱樂部和「破壞計畫」裡的每一個人都把我當作是泰勒．德爾登。

如果我每天晚上都早點上床睡覺，然後每天早上都晚點起床，最後我整個人就會不見。

我就會上床睡覺然後永遠醒不過來。

瑪拉說，「就像是動物收容所裡面的動物一樣。」

狗狗谷。在那裡，即便他們不殺你，即便有人很愛你，把你帶回家，他們還是會把你給閹了。

我永遠醒不過來，泰勒就會接管。

服務生端了咖啡過來，然後腳跟一敲，走了。

我聞了聞我叫的咖啡。聞起來像咖啡。

「那麼，」瑪拉說，「就算我相信你說的這一切，你要我做什麼？」

那麼泰勒就沒辦法完全接管，我需要瑪拉幫我保持清醒。無時不刻。走透透。

泰勒救了她一命的那個晚上，瑪拉求他幫她整晚保持清醒。

我一旦睡著，泰勒就會接管，慘事就會發生。

萬一我真的睡著了，瑪拉必須記錄泰勒的行蹤。他去了哪裡。他做了什麼。那麼也許到了白天的時候，我就可以四處奔波補救。

24

他的名字叫做羅伯特．波森，四十八歲。他的名字叫做羅伯特．波森，羅伯特．波森會一直都四十八歲，直到永遠。

時間線如果拉得夠長，每個人的存活率會掉到零。

大鮑。

那塊大乳酪麵包。那頭大麋鹿經常執行「冰凍鑽孔」的回家作業。泰勒就這樣鑽進我的公寓，接著用土製炸彈把它轟得一乾二淨。你去找一瓶冷卻劑噴罐來，R-12，如果經過臭氧層破洞那檔事之後你還能找到的話，不然就用R-134a，接著把它噴在鎖頭上，直到整個機關都凍住了。

執行「冰凍鑽孔」任務時，你在公共電話、停車計費器或是報紙販售機的鎖上噴冷卻劑。然後用一把槌子以及一支冰冷的鑿子把冷凍的鎖頭敲碎。

執行經常性「鑽洞補洞」的回家作業時，你在電話或是自動提款機上鑽洞，把塗了潤滑劑的管子從洞口塞進去，然後用黃油槍灌進滿滿的輪軸機油或是香草布丁或是塑膠水泥。

這倒不是因為「破壞計畫」需要偷竊零錢。紙街肥皂公司就有應接不暇的訂單在等待處理。天曉得假期採購熱季來臨時我們該怎麼辦。回家作業的目的是精進你的膽識。你需要能夠隨機應變。打造你在「破壞計畫」裡的投資組合。

要是不用冰鑿子，你還可以在冷凍的鎖頭上使用電鑽。效果一樣還更安靜些。

警察把大鮑槍斃的時候，以為他手上拿的無線電鑽是一把槍。

在大鮑身上找不到任何他與「破壞計畫」或是鬥陣俱樂部的關聯。

在他的口袋裡有一張皮包大小的照片，第一眼看上去是他自己穿著緊身運動衣、光著巨大的身軀在某場比賽場合擺姿勢。這種過日子的方式很愚蠢，大鮑說。你看不見聚光燈，你聽不到音響系統的反饋噪音，直到評審的命令傳來：「伸展右方方頭肌，用力，保持這個姿勢。」

把手放在我們看得到的地方。

伸展你的左手臂，二頭肌用力，保持這個姿勢。

不准動。

放下武器。

這比真實人生還要好。

在他的手上有我的吻痕。泰勒之吻。大飽髮雕過的頭髮已經剃光，他的指紋已用濃鹼燒去。受傷要比被捕好，因為如果你被捕，你就會被「破壞計畫」除名，再也沒有回家作業可以執行了。

這一分鐘，羅伯特．波森是全世界生命群聚靠攏的溫暖中心，下一分鐘，羅伯特．波森變成一件死東西。警察開槍之後，死亡的驚人奇蹟。

今晚，在每個鬥陣俱樂部裡，人群隔著每個鬥陣俱樂部地下室空蕩蕩的中心朝對面彼此盯著瞧，分會領導在人群外面的黑暗中走來走去，這個聲音吼著：

「他的名字叫做羅伯特．波森。」

接著人群吼著，「他的名字叫做羅伯特．波森。」

領導吼著，「他四十八歲。」

接著人群吼著，「他四十八歲。」

他四十八歲，他是鬥陣俱樂部的一分子。

他四十八歲，他是「破壞計畫」的一分子。

唯有死亡，我們才擁有我們自己的名字，因為唯有死亡，我們才不再屬於這樁大事業。死亡，讓我們成為英雄。

接著人群吼著，「羅伯特．波森。」

接著人群吼著，「羅伯特．波森。」

接著人群吼著，「羅伯特．波森。」

今晚我來鬥陣俱樂部，想把它關掉。我站在房間中央的孤燈下，整個俱樂部歡聲雷動。對這裡的每個人來說，我是泰勒．德爾登。聰明。有魄力。有膽識。我舉起手要大家安靜，接著我建議，今晚何不到此為止。回家吧，今晚，然後忘掉鬥陣俱樂部。

我想鬥陣俱樂部的使命已經達成了，不是嗎？

「破壞計畫」就此取消。

我聽說電視上有場不錯的美式足球賽呢……

一百個人只是盯著我看。

有人死了，我說。遊戲結束。再也不只是玩玩而已了。

然後，從人群外面的黑暗中傳來分會領導不知名的聲音：「鬥陣俱樂部規定第一條，不可談論鬥陣俱樂部。」

我吼，回家！

「鬥陣俱樂部規定第二條，不可談論鬥陣俱樂部。」

鬥陣俱樂部就此取消！「破壞計畫」就此取消。

「規定第三條，一次兩個人鬥。」

我是泰勒．德爾登，我吼著。我命令你們滾出去！

接下來沒有人看著我。那些人只是隔著房間中央朝對面彼此盯著瞧。

分會領導的聲音緩緩地繞著房間走。一次兩個人鬥。不穿上衣。不穿鞋。

一直鬥下去，要鬥多久，就鬥多久。

想像一下，同樣的情況在一百座城市裡發生，用半打以上的語言在進行。

規定講完了，我仍然站在中央的那盞孤燈下。

「登記第一號，上場，」那個聲音從黑暗中吼了出來。「俱樂部中央空出來。」

我一動也不動。

「俱樂部中央空出來！」

我一動也不動。

那盞孤燈在一百雙眼睛的黑暗中反照出來，所有的眼睛都聚焦在我身上，等待著。我試著用泰勒的方式看著每個人。選出最棒的人才加入「破壞計畫」。泰勒會邀請誰到紙街肥皂公司工作呢？

「俱樂部中央空出來！」這是鬥陣俱樂部的既定程序。在分會領導要求三次之後，我將被俱樂部驅逐。

可是我是泰勒・德爾登啊。我發明了鬥陣俱樂部。鬥陣俱樂部是我的。這些規定都是我寫的。要不是我，今天你們沒有一個會在這裡。而我說到此為止！

「準備趕出該會員，倒數三、二、一。」

那一圈人頓時解散，朝我身上撲過來，兩百隻手抓住我手腳的每吋肌膚，我被高高舉起來貼近那盞燈，四肢撐開彷彿老鷹展翅。

準備撤退靈魂，倒數五、四、三、二、一。

接著我被一手換一手地高高傳著，在人群上頭衝浪般的往門口移動。我整個人在飄。我在飛。

我在吼著，鬥陣俱樂部是我的。「破壞計畫」是我的點子。你們不能把我丟出去。這裡由我主導。回家去。

分會領導的聲音吼著，「登記第一號，請上場子中央。現在！」

我不走。我不放棄。我可以打敗你們。這裡由我主導。

「把該名鬥陣俱樂部會員趕出去，現在！」

撤退靈魂，現在。

接著我緩慢地飛出門口，飛進夜色之中，頭頂是繁星點點，清風拂面，我接著降落在停車場的水泥地面上。所有的手都收了回去，一扇門在我的背後關上，門把喀的一聲卡上鎖死。在一百座城市裡，鬥陣俱樂部照常進行，沒有我也一樣。

25

到現在好幾年了，我一直想要睡著。失手、放手、沉淪墜落的那種睡著。現在睡著是我最不想做的一件事。我和瑪拉在豔晶飯店的8G房。這裡的老人家和毒蟲都關在他們自己小小的房間裡，不知怎地，走來走去的焦慮似乎顯得有點正常和意料之中。

「在這裡，」瑪拉說，一邊腳交叉地跌坐床上，一邊把半打的提神藥丸從塑膠泡泡卡上擠出來。「我跟一個老是做恐怖噩夢的人約會過。他也痛恨睡眠。」

她約會的那個人後來怎樣？

「喔，他死了。心臟病發作。用藥過量。太多太多安非他命了，」瑪拉說。「他只有十九歲。」

謝謝妳的心得分享。

我們走進飯店的時候，在大廳接待處的那個人有一半的頭髮被連根拔起。他的頭皮粗糙還有頭皮屑，他向我致意。當接待處的那個人喊我長官的時候，在大廳裡看電視的老人家都轉過頭來看看我是誰。

「長官晚安。」

現在，我可以想像他打電話給某個「破壞計畫」總部，報告我的行蹤。他們在牆上掛有這座城市的地圖，用圖釘追蹤我的行動。我覺得自己像是《動物王國》裡被釘了追蹤器的遷徙野生飛鵝。

他們全都在監視我，記錄下我的一切。

「這個一次塞六顆也不會胃痛，」瑪拉說，「不過必須從屁眼塞進去。」

喔，這倒好。

瑪拉說，「我不是在亂蓋。我們可以稍後再試些比較強的藥。一些像斷頭或黑美人或是美洲鱷之類的正牌藥。」

我不打算把這些藥丸塞進屁眼。

「那就用兩粒吧。」

我們要去哪裡？

「打保齡球。那裡整晚都開著，而且他們不會讓你在那裡睡覺的。」

不管我們去哪裡，我說，街上的人都以為我是泰勒．德爾登。

「這是公車司機讓我們坐免費的原因嗎？」

是呀。那也是公車上那兩個人會讓位的原因。

「那麼你想說的重點是什麼？」

我覺得躲起來還不夠。我們必須幹點什麼把泰勒除掉。

「我跟一個喜歡穿我衣服的人約會過，」瑪拉說。「你知道的，洋裝啊，有面紗的仕女帽啊。我們可以讓你扮裝，然後偷偷摸摸地四處跑。」

我不打算男扮女裝，也不打算拿藥丸塞屁眼。

「後來情況更糟，」瑪拉說。「我跟一個人約會過，一次而已，他想要我假扮女同性戀跟他的吹氣娃娃玩親親。」

我可以想像自己變成瑪拉的另一個約會故事。

我跟一個有分裂人格的人約會過。

「我還跟另外一個家裡裝有陰莖擴大設備的人約會過。」

我問現在幾點？

「清晨四點。」

再過三個小時，我就得去上班。

「藥拿著，」瑪拉說。「有你做泰勒．德爾登，他們或許會讓我們免費打保齡球呢。嘿，在我們把泰勒除掉之前，我們可不可以先去逛街？我們可以買輛好車。買些衣服。買些CD。所有這些免費的東西想起來真不錯。」

瑪拉。

「好好好，算我沒說。」

26

那句老話，說什麼你殺掉的，總是你心愛的，嗯，還不知道是誰殺誰呢。的確不知道是誰殺誰。

今天早上我去上班，大樓和停車場之間布滿了警方設下的路障，各個大門口站滿了警察，在跟我的每一個同事做筆錄。大家亂烘烘地聚成一團。

我沒下公車。

我是冷汗直流的老王。

從公車上，我可以看見我辦公的大樓第三層的落地窗全被炸光，裡面有一個穿著骯髒黃色消防衣的消防隊員正拿著斧頭往辦公室架空天花板上的一塊燒焦木板猛砍。一張冒煙的辦公桌由兩個消防隊員合力推著，一吋吋地往破碎的窗口移動，然後那張辦公桌開始傾斜，滑動，一古腦地墜落三層樓，掉在人行道上，在心底發出悶的一響。

撞到碎開來，仍然冒著煙。

我是老王的心窩。

那是我的辦公桌。

我知道我老闆已經死了。

三種製造燒夷彈的方法。我知道泰勒打算把我老闆殺掉。我聞到我手上汽油的那一刻，當我說我想要擺脫我的工作的時候，我給了他許可。儘管動手。

殺掉我老闆。

喔，泰勒。

我知道有一台電腦爆掉了。

我知道，因為泰勒知道。

我不想知道，可是你拿了一台珠寶師父用的鑽子在電腦螢幕上頭鑽了一個洞。所有的太空猴都知道。我把泰勒的紙條都打了字。這是一種新款的燈泡炸彈，所謂燈泡炸彈就是你在燈泡上打個洞，在裡面灌滿汽油。再用蠟或是矽膠把洞補起來，然後把燈泡裝回插座，等人進到房間，打開開關。

電腦映像管裡可以裝的汽油要比燈泡多得多。

陰極射線管，CRT，要不就把圍繞著映像管的塑膠殼拿走，這很簡單，要不就從外殼頂部的通風面板上下手。

首先你要把螢幕的電源插頭與跟電腦的連接線拔掉。

這個方法用在電視上也有效。

有件事必須先知道，只要有一點火花，即使是地毯上的靜電，你就死定了。鬼吼鬼叫，活生生被燒死。

一支陰極射線管可以儲存三百瓦靜電，所以在主要的電源供應電容器上，首先要使用重裝備的螺絲起子。如果你在這個時候喪命，你一定沒有使用包裹絕緣皮的螺絲起子。

陰極射線管裡面是真空的，所以在你鑽透的時候，映像管會吸進空氣，咻的一聲吸口氣。

沿著小小的洞口再鑽大一點，然後再大一點，直到洞口塞得下一支漏斗嘴為止。然後，把你自選的爆炸物填入映像管。土製燒夷彈很不錯。汽油或是混合了冰凍濃縮柳橙汁或是貓大便的汽油也可以。

還有一種炸藥很好玩，那是用高錳酸鉀混合蔗糖粉末。背後的想法是把一種燃燒快速的原料與另一種提供燃燒所需要的氧氣的原料混合在一起。兩者的混合物燃燒得非常快，那也就是所謂的爆炸。

過氧化鋇加上鋅粉。

硝酸銨加上鋁粉。

無政府的創意菜。

硝酸鋇配上硫磺醬，以煤炭裝飾。這就是最基本的火藥。

Bon appétit ❶。

在電腦螢幕裡裝滿這些東西，等到有人打開電源的時候，這五磅六磅的火藥就會當著他們的面爆炸。

問題是，我還滿喜歡我老闆的。

警方開始到處找我。上個星期五晚上我是最後一個離開那棟大廈的人。我在我的辦公桌上醒來，桌面有我吐氣凝結了的水滴，電話上有泰勒在跟我說，「到外面去。我們有車。」

我們有輛凱迪拉克。

汽油還在我手上。

那個鬥陣俱樂部的技工問說，臨死前你希望做過什麼事？

我想要擺脫掉現在的工作。我給了泰勒許可。儘管動手。殺掉我老闆。

從我一手炸掉的辦公室開始，我搭公車一路坐到路線盡頭，路面布滿石子的終點站。這裡是副線盡頭的空地和農地。公車司機拿出一包午餐和熱水瓶，透過他頭頂上的鏡子對著我瞧。

我正在努力想說要跑到哪裡警察才不會找到我。從巴士後座，我可以看到大約有二十個人坐在我和那個駕駛中間。我數著那二十個後腦勺。

二十個剃光了頭髮的光頭。

公車駕駛在座位上扭了一下，對著坐在後座的我喊了出來，「德爾登先生，長官，我真的很崇拜你做的事情。」

我以前從沒見過他。

「這件事你得原諒我，」那個公車司機說。「委員會說這是長官您自己的意思。」

那些光頭一個一個轉了過來。然後一個一個站了起來。其中一個手上拿了塊破布，你可以聞到上面的乙醚味。最靠近的那個手上拿著一把獵刀。拿著刀的那個就是鬥陣俱樂部的技工。

「您真是勇敢，」公車司機說，「把自己當成一項回家作業。」

技工跟公車司機說，「閉嘴，」以及，「把風的連個屁都不該放。」

你知道其中一隻太空猴手上有用來替你包種的橡皮條。他們填滿公車前段。

技工說，「你知道規定，德爾登先生。你自己說的。你說，要是有人想要關閉鬥陣俱樂部，即便是你，有種的我們都要給他好看。」

雞巴。

寶貝。

睪丸。

卵蛋。

想像一下，你身上最菁華的部分被冰在三明治袋子裡，冷藏在紙街肥皂公司。

「你知道跟我們鬥是沒用的。」技工說。

公車司機嚼著他的三明治，透過頭頂上的鏡子看著我們。

一陣警鈴響起，越來越近。遠方有台牽引機轟轟隆隆地開了過去。鳥。公車後段有一扇窗子半開著。雲。石子路面的迴轉點邊緣有雜草叢生。蜜蜂或是蒼蠅在雜草堆裡嗡嗡叫。

「我們的目的只是要點抵押品，」鬥陣俱樂部的技工說。「這次不只是威脅而已，這次，德爾登先生。這次，我們要把它們切下來。」

公車司機說，「警察來了。」

警鈴停在公車前方的某處。

那麼我該拿什麼反擊呢？

一輛警車停在公車前面，藍藍紅紅的閃光透過公車擋風玻璃照進來，公車外面有人大喊，「在裡面不要動。」

我獲救了。

可以這麼說。

我可以跟警察講泰勒的事。我會跟他們講有關鬥陣俱樂部的一切，也許我會去坐牢，然後「破壞計畫」就是他們要頭痛的問題了，我就不用再像現在這樣盯著一把刀子看。

警察走上公車階梯，第一個警察說，「你把他切了沒？」

第二個警察說，「快點動手，有張拒捕令要逮捕他呢。」

然後他把帽子摘下，對我說，「這跟私人恩怨無關，德爾登先生。終於見到您一面，這是我的榮幸。」

我說，你們犯下大錯了。

技工說，「你跟我們講過你可能會這樣說。」

我不是泰勒·德爾登。

「你也跟我們講過你可能會這樣說。」

我要改規定。你們還是可以繼續鬥陣俱樂部，可是我們不再隨便把人給閹了。

「是呀，是呀，是呀，」技工說。他把刀子拿在身前，已經到了走道中間。「你說過你一定會這樣說。」

好吧，我是泰勒·德爾登。我是。我是泰勒·德爾登，這些規定都是我訂的，現在我說，放下刀子。

技工繞過肩膀往後叫了出聲，「我們迄今最佳的切帶跑紀錄是多少？」

有人吼了回來，「四分鐘。」

技工吼說，「有沒有人在計時啊？」

兩個警察現在都已經爬上了公車，待在前段，其中一個看著他的手錶說，「等一下。等秒針跑到十二點鐘的位置。」

那個警察說，「九。」

「八。」

「七。」

我往開著的那扇窗衝了下去。

我的肚子撞上窗台細邊的金屬條，在我身後，鬥陣俱樂部的技工吼著，「德爾登先生！你這樣會搞亂我們計時的。」

半個人掛在窗外，我十根指頭猛抓著後輪的黑色橡膠皮。我抓住輪圈的邊邊用力拉。有人抓住我的腳往上扯。我對著遠方的小小牽引機大喊，「喂。」還有「喂。」我的臉紅脹脹地充滿了血，我整個人倒吊著。我把自己拉出去了一點點。在我腳踝周圍的一群手把我扯了回去。我的領帶在我的臉上飄盪。我的皮帶扣卡在窗台上。那些蜜蜂和蒼蠅和雜草在我面前幾英寸的地方，我則大喊著，「喂！」

一隻隻的手緊緊扣在我的褲子後面，把我往裡面拉，抱著我的褲子和皮帶滑過了我的屁股。

公車裡有人喊，「一分鐘！」

我的鞋子從我的腳上脫落。

我的皮帶扣滑進了窗台。

那些手把我的腳捉攏了。大太陽烤熱的窗台滾燙地切進我的肚子。我的白色襯衫迎風飛揚，接著掉在我的頭部和肩膀四周，我的手還死命抓著輪圈邊緣，我還在大喊，「喂！」

我的腿在我身後直直地拉攏著。我的褲子滑落腳下不見了。太陽溫暖地照在我的屁股上。

血液在我的腦袋敲鼓，我的眼睛因為壓力而突出，我只能看到掛在我臉四周的白色襯衫。牽引機在某處轟隆轟隆。蜜蜂嗡嗡嗡。在某處。所有的一切都在好幾百萬里遠。在我身後百萬英里遠的某處有人喊著，「兩分鐘！」

接著一隻手溜進了我的兩腿之間，東摸西摸地在找我。

「別傷害他，」有人說。

在我腳踝四周的那些手有百萬英里遠。想像他們在一條漫漫長路的盡頭。導引式的冥想。

不要把窗台想成是一把滾燙卻不利、正在切開你肚皮的刀。

不要想像有一群人正在拔河般地把你的腿打開。

一百萬英里遠，億億萬英里遠，一隻溫暖粗糙的手環抱住你的底盤，把你拉了回去，接著有某種東西把你緊緊握住，越來越緊，越來越緊。

一條橡皮條。

你人在愛爾蘭。

你人在鬥陣俱樂部。

你在上班。

你哪裡都在，就是不在這裡。

「三分鐘！」

很遠很遠有人喊著，「你們都聽過德爾登先生講話。千萬別想找鬥陣俱樂部的麻煩。」

那隻溫暖的手在你的下面扣成一只杯子。那把刀子的刀尖冷冰冰。

一隻手臂環繞在你胸前。

具有療效的身體接觸。

擁抱時間。

接著乙醚用力地壓在你的鼻子和嘴巴上。

然後什麼事情都沒有，比什麼都沒有還沒有。遺忘。

❶ 法文，用餐愉快。

27

我那燒焦的公寓房子被轟開的外殼是一片外太空的深黑，殘破地掛在城市萬家燈火上空的夜色裡。窗戶都炸掉了，警方犯罪現場的黃色警戒線在十五層樓的邊緣扭動搖擺，懸然欲墜。

我在水泥地面上醒來，上頭本來鋪有一層楓木地板。在爆炸之前，牆上掛有藝術作品。還有瑞典家具。在泰勒出現之前。

我衣著整齊。我把手伸進口袋摸了一下。

我沒少塊肉。

心裡嚇壞了但是身體是完整的。

我來到水泥地面的盡頭，在停車場上空十五層樓，看著萬家燈火和繁星點點，看著看著你便不見了。

一切與我們是多麼不相干。

高高在上，介於星星與地球之間的漫長夜色，感覺就好像是其中一隻被送上太空的動物一樣。

狗。

猴。

人。

你只需要完成你的小任務。拉拉桿。按按鈕。你不需要真正了解到底在幹嘛。

世界瘋狂了。我老闆死了。我的家沒了。我的工作沒了。這一切都是我的責任。

沒有什麼東西留下來。

我的銀行戶頭已經超支。

跨過邊緣吧。

警方的警戒線在我和遺忘之間飛舞擺動。

跨過邊緣吧。

還有什麼別的呢？

跨過邊緣吧。

還有瑪拉。

跳過邊緣吧。

還有瑪拉，她是所有一切的中心，她並不知道。

而且她愛你。

她愛泰勒。

她不知道中間的差別。

必須有人告訴她。出去。出去。出去。

拯救你自己。

你搭電梯下到大廳，那個從沒喜歡過你的門房，現在他對著你笑，嘴巴裡面有三顆牙被打掉，他說，「晚安，德爾登先生。我來替您叫輛計程車吧？您要不要用電話呢？」

你打給麗晶飯店的瑪拉。

麗晶的服務員說，「馬上就辦，德爾登先生。」

然後瑪拉便在線上。

門房隔著你的肩膀在偷聽。麗晶的服務員很有可能也在偷聽。你說，瑪拉，我們得談談。

瑪拉說，「你去吃屎吧。」

她可能有危險，你說。她有權知道現在發生了什麼事。她必須要見你。你必須要開誠布公。

「哪裡？」

她該去我們第一次見面的地方。記起來。回想一下。

具有療效的白色光球。七扇門的宮殿。

「了解，」她說。「我可以在二十分鐘內到達。」

不見不散。

你掛上電話，門房說，「我來替您叫輛計程車，德爾登先生。不管去哪裡，一律免費。」

鬥陣俱樂部的傢伙正在追蹤你。不用了，你說，今天夜色真美，我想散個步。

今天是星期六晚上，循道衛理第一教會的地下室舉辦腸胃癌之夜，你到的時候，瑪拉已經到了。

瑪拉・辛格抽著她的香菸。瑪拉・辛格的眼睛溜溜轉。瑪拉・辛格有一隻黑眼圈。

你坐在她正對面的長毛地毯上，中間隔著冥想圈，努力嘗試喚起你的威力動物，瑪拉則用她的黑眼圈火辣地瞪著你。你閉上眼睛，透過冥想進入有七扇門的城堡，你還是感受得到瑪拉的怒視。你擁抱你的內心小孩。

瑪拉怒視著。

然後是擁抱時間。

打開你的眼睛。

我們應該選擇一位夥伴。

瑪拉三步併作兩步穿過房間，猛力地給了我一巴掌。

完全分享你自己。

「你他媽的舔屁眼大混蛋，」瑪拉說。

在我們四周，每個人都站著瞪著我們看。

然後瑪拉的兩塊拳頭從四面八方朝我身上打來。「你殺了人，」她尖叫著。「我叫了警察，他們應該隨後就到。」

我抓住她的手腕說，也許警察會來，不過也有可能他們不會來。

瑪拉扭轉著身子說警察正加快速度趕來這裡，要把我綁上電椅，把我的眼睛煮到跳出來，再不然至少會給我打一針致命毒藥。

那個感覺就好像是被蜜蜂叮。

一針過量的苯基巴比東鈉，然後便是長眠不醒。就像狗狗谷那樣。

瑪拉說她今天看見我殺了人。

如果她指的是我老闆，我說，是呀，是呀，是呀，是呀，我知道，警察知道，每個人都在找我，等著替我打毒針，這已經是舊聞了，可是殺我老闆的是泰勒。

泰勒和我只是湊巧擁有相同的指紋罷了，可是沒人能了解。

「你吃屎吧，」瑪拉說，那顆被打黑的眼睛努力瞪著我，差點跳了出來。「就因為你和你的徒弟們喜歡挨揍，不代表你們可以胡作非為，你要是敢再碰我一次，你就死定了。」

「我看見你今晚朝一個人開槍，」瑪拉說。

不對，那是顆炸彈，我說，而且是在今天早上發生的。泰勒在一台電腦終端機上頭鑽洞，然後在裡面填滿汽油或是黑色粉末。

所有真的染上腸胃癌的人都站在四周觀看這場戲。

「不對，」瑪拉說。「我跟蹤你到普瑞斯曼飯店，你在某種懸疑謀殺派對裡面當服務生。」

懸疑謀殺派對，有錢人會到飯店來參加盛大的晚宴派對，然後演出某種阿嘉莎．克莉絲蒂的偵探故事。大約在豬血香腸和羊腰肉之間，燈光會暗去一分鐘，然後會有人假裝被謀殺。那應該是大家一起來假裝的，好玩的死法。

在剩下的晚宴裡，客人會喝醉，一邊喝著葡萄牙的馬得拉特產酒，一邊試著尋找線索，猜出他們之中誰是變態殺人魔。

瑪拉吼著，「你開槍把市長的資源回收特使給殺了！」

泰勒開槍把市長他媽的什麼特使給殺了。

瑪拉說，「你根本就沒有癌症！」

事情發生得這麼快。

指頭一彈。

每個人都在看。

我吼著，妳也沒有癌症！

「他連續兩年都來這裡，」瑪拉大叫，「他連個屁也沒有！」

我是在試著救妳一命呀！

「什麼？為什麼我的命需要救？」

因為妳在跟蹤我。因為妳今晚跟蹤了我，因為妳看見泰勒・德爾登殺了人，泰勒會把威脅「破壞計畫」的任何人都殺掉。

房間裡的每個人看起來像是突然被人從他們小小的悲劇裡給抽離了出來。他們小小的癌症，那東東。就連正在吃止痛藥的人都睜大了眼睛，全神貫注。

我對著人群說，我很抱歉。我從來不想傷害任何人。我們應該走了。我們應該去外面講這些。

每個人都說，「不！留下來！還有什麼？」

我沒有殺人，我說。我不是泰勒・德爾登。他是我的另一個分離人格。我說，這裡有沒有人看過《女巫》（*Sybil*）那部電視影片？

瑪拉說，「那麼誰要來殺我？」

泰勒。

「你？」

泰勒，我說，不過我可以應付泰勒。妳只需要小心那些「破壞計畫」的人就好了。泰勒可能已經下令叫他們跟蹤妳，或是綁架妳，或什麼別的。

「我為什麼要相信你說的這些？」

事情發生得那麼快。

我說，因為我想我喜歡妳。

瑪拉說，「不是愛？」

這一刻夠嗯了，我說。別逼我。

每個人都微笑地看著。

我得走了。我必須離開這裡。我說，小心理光頭的小子或是看起來被痛毆過的傢伙。黑眼睛。掉了牙齒。類似的東東。

接著瑪拉說，「那麼你要去哪裡？」

我得去照料一下泰勒．德爾登。

28

他的名字叫做派崔克．馬登，他是市長的資源回收特使。他的名字叫作派崔克．馬登，他是「破壞計畫」的敵人。

我走進衛理教會四周的夜色，所有的一切湧上心頭。所有泰勒知道的事情都湧上心頭。

派崔克．馬登正在建立一份鬥陣俱樂部聚會的酒吧名單。

突然之間，我知道怎樣操作電影投影機。我知道怎樣把鎖頭打碎，泰勒怎樣在沙灘上對我透露身分之前，把紙街上的那棟房子給租了下來。

我知道泰勒為什麼會出現。泰勒愛瑪拉。從我遇見她的第一晚開始，泰勒或是我身上的某個部分，需要找到一個跟瑪拉在一起的方法。

並不是說上述種種很重要。現在不重要了。可是所有的細節都湧上了心頭，就在我走過夜色去最近的一家鬥陣俱樂部的時候。

星期六晚上在兵工廠酒吧的地下室有一處鬥陣俱樂部。你或許可以在派崔克．馬登列的名單上找到這家酒吧，可憐的派崔克．馬登人已經不在了。

今晚，我來到兵工廠酒吧，人群像拉拉鍊似的分開讓我進來。對這裡的每個人來說，我是超級偉大的泰勒．德爾登。天上的神，地上的父。

在我四周我聽到，「長官晚安。」

「歡迎光臨鬥陣俱樂部，長官。」

「感謝您的加入，長官。」

我呢，我那怪獸般的臉正開始癒合。我臉上的洞穿過臉頰微笑著。掛在我真正的嘴巴上的則是一臉繃緊的不悅。

因為我是泰勒．德爾登，你什麼都甭想，我登記與那晚在俱樂部的所有傢伙鬥陣。鬥上五十場。一次一場。不穿鞋。不穿上衣。

要鬥多久就鬥多久。

要是泰勒愛瑪拉。

我愛瑪拉。

接下來發生的事情不是用嘴巴說的。我要污染所有我永遠見不著的法國海灘。想像一下，在洛克菲勒中心四周的潮濕峽谷森林裡穿梭獵捕麋鹿。

開打的第一場，那個傢伙扎實地壓制住我的頭頸，在水泥地面上海扁我的臉，海扁我的臉頰，海扁我臉頰上的洞，直到裡面的牙齒咯地一聲斷落，參差不齊的牙根插進我的舌頭裡。

現在我記起來派崔克·馬登死在地板上，他那小娃娃似的太太，只是一個綁了髮髻的小女孩。他的太太咯咯笑著，試著在她死去的丈夫雙唇間倒點香檳。

太太說那個假血看上去太，太紅了。派崔克·馬登太太把兩根指頭放進她丈夫身邊的血泊中，然後把手指放進口中。

牙齒插在我的舌頭裡，我嚐了口鮮血。

派崔克·馬登太太嚐了口鮮血。

我記得我的人就在懸疑謀殺派對的外圍，身邊團團站滿太空猴服務生在保護我的安全。瑪拉穿著一件暗紅玫瑰的壁紙花樣洋裝，從宴會廳的另一邊往這頭望。

我的第二場，那個傢伙把膝蓋敲進我的肩胛骨中央。那個傢伙把我的兩隻手臂交叉鎖死在我的背後，把我的胸部往水泥地板上推。我一邊的鎖骨，我聽到喀的一聲。

埃爾金石雕我要用大榔頭把它給毀了，《蒙娜麗莎》我要把它拿來擦屁股。

派崔克．馬登太太抬起她沾滿鮮血的兩根指頭，鮮血從她牙齒間的空隙爬了下來，鮮血從她的指頭淌了下來，流過手腕，穿過鑽石手鍊，直到手肘，在那裡不停地滴著。

鬥陣第三場，我醒來，第三場上場時間到了。鬥陣俱樂部裡面再也沒有名字了。

你的名字並不代表你。

你的家並不代表你。

第三號似乎知道我需要什麼，他把我的頭鎖在黑暗與窒息之中。「乖乖睡」這招絕技會讓你的空氣量維持在意識清醒的最低限。第三號把我的頭鎖在他勾起來的手臂裡，抱小孩或是抱美式足球的方式，在他勾起來的手臂裡，然後用他握緊的拳頭臼齒般地磨碎我的臉。

直到我的牙齒咬進我的臉頰內側。

直到我臉頰上的洞碰觸到我的嘴角，兩個貫通一氣，形成鋸齒邊的猙獰笑臉，從鼻下一路開展到耳下。

第三號捶了又捶，直到他的拳頭破爛。

直到我哭了出來。

你曾經愛過的所有事物都會拒絕你或是死去。

你曾經創造過的所有事物都會被丟棄。

你曾經驕傲過的所有事物都會變成垃圾。

我是奧茲曼迪亞斯（Dzymandias），萬王之王。

再來一拳，我的牙齒喀的一聲在舌頭上緊緊咬下。我的半條舌頭掉落地面，被人踢開。

派崔克・馬登太太小娃娃似的身軀跪在她丈夫屍體旁邊的地板上，那些有錢人，那些自稱是朋友的人，在她身旁高高地醉成一團，高聲笑著。

太太，她說，「派崔克？」

那灘血越散越大，直直染到了她的裙子。

她說，「派崔克，夠了，不要再裝死了。」

那灘血爬上她的裙子的縫邊，彷彿是毛細管的虹吸動作，一針一線地爬上了她的裙子。

「破壞計畫」的成員在我身邊尖叫。

然後派崔克・馬登太太開始尖叫。

接著在兵工廠酒吧的地下室，泰勒・德爾登像個熱燒包一樣地滑落地面。偉大的泰勒・德爾登，完美了一瞬間的泰勒・德爾登，那個說過關於完美，你最多只能期待一瞬間的泰勒・德爾登。

接著鬥陣繼續一場又一場，因為我想死。因為只有死了我們才有名字。只有死了，我們才會不再屬於「破壞計畫」。

29

泰勒站在那邊，完美而英俊，全身金黃像個天使。我求生的意志讓我感到訝異。

我呢，我是塊鮮血淋漓的組織切片，晾在紙街肥皂公司我房間裡光禿禿的床墊上。

我房間裡的一切東西都不見了。

在我有十分鐘癌症時所拍下我的腳的照片和插著照片的鏡子。比癌症還糟糕。鏡子不見了。衣櫃的門是打開的，我六件白襯衫，黑長褲，內褲，襪子，鞋子都不見了。

泰勒說，「起來。」

在一切我以為理所當然的事物底下、背後、內部，某種可怕的東西正在滋長。

所有的一切正在崩解。

太空猴全都清了出去。所有的一切都重新布置，抽脂手術抽下的脂，行軍床，猴子，尤其是那群猴子。只有留下那座花園，還有這棟租來的房子。

泰勒說，「我們必須做的最後一件事就是你的壯烈成仁。轟轟烈烈地與世訣別。」

並不是那種悲傷沮喪的死，而是一種振奮人心、鼓舞士氣的死。

喔，泰勒，我覺得好痛。乾脆當場把我給殺了。

「起來。」

殺了我，早點。殺了我。殺了我。殺了我。殺了我。

「一定得要轟轟烈烈，」泰勒說。「想像一下：你人在世界最高建築物的屋頂，『破壞計畫』接管了整棟建築物。煙塵從窗口滾滾竄出。辦公桌墜落在人行道的人群中。一場死亡的真實歌劇，那就是我們要的。」

我說，不。你利用我也利用夠了。

「如果你不合作，我們就去搞瑪拉。」

我說，開路吧。

「現在你他媽的給我滾下床，」泰勒說，「你他媽的給我上車。」

於是泰勒和我到了派克—摩里斯大廈的屋頂，一把槍塞在我的嘴巴裡。

我們到了最後十分鐘倒數的階段。

再過十分鐘，派克—摩里斯大廈便不復存在。這個我知道，因為泰勒知道。

槍管子死頂著我的喉嚨，泰勒說，「我們不會真的死去。」

我用舌頭把槍管往我倖存的另一半臉頰那裡撥，然後說，泰勒，你說的那種叫做吸血鬼。

我們到了最後八分鐘倒數階段。

槍只是以防萬一，以防警方的直升機比我們早到。

對上帝來說，這看起來像是場獨角戲，自己拿著槍對著自己的嘴，可是拿槍的是泰勒，命是我的。

找來濃度百分之九十八、猛冒煙的硝酸溶液，接著加上三倍分量的硫酸。

硝化甘油就此誕生。

七分鐘。

把酸液加入木屑，我們就有漂漂亮亮的塑膠炸彈了。有很多太空猴在他們的硝酸裡混著棉花，並用瀉鹽取代硫化物。這也成。還有些太空猴，他們拿石蠟去混硝酸。對我來說，石蠟從來沒有一次成功過。

四分鐘。

泰勒和我就在屋頂邊緣，槍就在我的嘴裡，我心想，這槍到底乾不乾淨。

三分鐘。

然後有人在大喊。

「等一下，」瑪拉從屋頂那側朝我們這邊走來。

瑪拉朝我走來，只有我，因為泰勒不見了。咻。泰勒是我的妄想，不是她的。就像變魔術一樣快，泰勒消失了。現在我就一個人拿著一把塞在我嘴巴裡的槍。

「我們跟蹤你，」瑪拉喊著。「所有互助團體的人。你不需要這樣做。把槍放下。」

在瑪拉身後，所有腸胃癌，大腦寄生蟲病變，憂鬱症患者，肺結核患者全都走著、拐著、輪椅推著地朝我走來。

他們說，「等一下。」

他們的聲音乘著冷風飛向我，說，「停下來。」

接下來，「有我們可以幫你。」

「讓我們幫你。」

天空一角傳來霍、霍、霍的警察直升機聲音。

我大喊，走開。離開這裡。這棟大樓就要爆炸了。

瑪拉大喊，「我們知道。」

對我來說，這就像是徹頭徹尾的頓悟。

我不是要把我自己幹掉，我大喊。我是在把泰勒幹掉。

我是老王的硬碟。

我記起所有的一切。

「這跟愛或是什麼有的沒的無關，」瑪拉吼著，「可是我想我也喜歡你。」

一分鐘。

瑪拉喜歡泰勒。

「不對，我喜歡你，」瑪拉大吼。「我知道中間的差別。」

接下來，什麼事也沒有。

沒有什麼東西爆炸。

槍管子塞在我倖存的半邊臉頰裡，我說，泰勒，你拿石蠟去混硝酸了，對不對？

石蠟從沒成功過。

我得這麼做。

警察直升機。

然後我扣下扳機。

30

在我父親的房子裡有許多豪宅。

當然，當我扣下扳機的時候，我死了。

騙子。

泰勒也死了。

警察直升機在我們上空轟隆隆地颳起旋風，瑪拉和所有互助團體的人連自己都無法拯救，他們卻都試著要來救我，即使如此，我還是得扣扳機。

這比真實人生要好多了。

你完美的一刻並不會持續到天長地久。

天堂上所有的一切都是白上加白。

假貨。

天堂上所有的一切都很安靜，裝了橡膠底的鞋。

我可以在天堂睡覺。

人們寫信給天堂裡的我，說沒有人忘記我。說我是他們的英雄。我感覺好多了。

這裡的天使是舊約的那種，軍團跟士官長，一群換班工作的天上人物，白天拍拍翅膀。墳墓。他們用推車把你的食物送來，附上裝在紙杯裡的藥物。狗狗谷的配套作法。

我見過坐在核桃木辦公桌對面的上帝，他的文憑掛滿他身後的牆面，上帝問我說，

「為什麼？」

為什麼我要造成這麼多痛苦？

難道我還不了解我們每個人都是神聖的，是片充滿特殊性的獨特雪花嗎？

難道我看不出來我們全都是愛的體現嗎？

我看著辦公桌後面的上帝在寫字板上做筆記，可是上帝把這一切全搞錯了。

我們並不特別。

我們也不是大便或垃圾。

我們就是這樣。

我們就是這樣，會發生的就是會發生。

接著上帝說，「不，那是不對的。」

是呀。嗯。隨便你。上帝什麼都教不會。

上帝問我記得什麼。

我什麼都記得。

從泰勒的槍飛出來的那顆子彈，它撕破我另外半邊的臉頰，讓我鋸齒邊的微笑從耳朵一路連到另一隻耳朵。是呀，就像是生氣的萬聖節南瓜。日本魔神。貪婪的惡龍。

瑪拉還在人間，她還會寫信給我。有一天，她說，他們會送我回來。

如果天堂有電話的話，我會從天堂打電話給瑪拉，她說「哈囉」的那一刻，我將不會把電話掛上。我會說，「嗨。最近怎麼樣？每件事不管多小都講來給我聽聽。」

可是我還不想回去。時候未到。

只是因為。

因為三不五時，就會有人替我推來一車午餐以及我的藥，他會有一隻黑眼圈或是一塊縫滿針線的腫脹額頭，接著他會說：

「我們想念您，德爾登先生。」

或是一個鼻梁斷了的人拖著拖把經過我身邊，他會輕聲細語說：

「所有的一切都照計畫進行。」

輕聲細語：

「我們打算粉碎文明，這樣我們才好從這個世界裡創造出一些好東西。」

輕聲細語：

「我們期待著您的歸來。」

暢／小說
鬥陣俱樂部
029

●原著書名：Fight Club ●作者：恰克・帕拉尼克 Chuck Palahniuk ●譯者：余光照 ●責任編輯：林則良（一版）巫維珍（二版）●封面設計：聶永真 ●編輯總監：劉麗真 ●總經理：陳逸瑛 ●發行人：凃玉雲 ●出版社：麥田出版／10483台北市中山區民生東路二段141號5樓／電話：(02)25007696／傳真：(02)25001966 ●發行：英屬蓋曼群島商家庭傳媒股份有限公司城邦分公司／10483台北市中山區民生東路二段141號11樓／書虫客戶服務專線：(02)25007718；25007719／24小時傳真服務：(02)25001990；25001991／讀者服務信箱E-mail：service@readingclub.com.tw／劃撥帳號：19863813／戶名：書虫股份有限公司 ●香港發行所：城邦（香港）出版集團有限公司／香港灣仔駱克道東超商業中心1樓／電話：(852)25086231／傳真：(852)25789337／E-mail：hkcite@biznetvigator.com ●馬新發行所：城邦（馬新）出版集團【Cite(M)Sdn.Bhd.(458372U)】／41, Jalan Radin Anum, Bandar Baru Sri Petaling, 57000 Kuala Lumpur, Malaysia.／電話：(603)90578822／傳真：(603)90576622 ●麥田部落格：http://ryefield.pixnet.net ●印刷：前進彩藝有限公司 ● 2012年4月二版 ● 2021年7月二版六刷 ●定價NT$320

國家圖書館出版品預行編目資料

鬥陣俱樂部／恰克・帕拉尼克（Chuck Palahniuk）著；余光照譯. -- 二版. -- 臺北市：麥田出版：家庭傳媒城邦分公司發行, 2012.04
面；　公分. --（暢小說；RQ7029）
譯自：Fight club
ISBN 978-986-173-739-3（平裝）

874.57　　101001638

城邦讀書花園
www.cite.com.tw

抽獎回函卡

cite城邦媒體

一起來鬥陣！

買書就有機會珍藏得利影視發行的【鬥陣俱樂部】藍光！

凡填妥本抽獎卡寄回，即有機會獲得
【鬥陣俱樂部】藍光乙片！（市價 NT$798）

截止時間：2012 年 5 月 15 日（郵戳為憑）。
抽獎名額：共十名
贈品贊助：得利影視 DELTAMAC

2012 年 5 月 31 日將於麥田部落格與 facebook 書迷頁公布中獎名單
麥田部落格：http://ryefield.pixnet.net
麥田書迷頁：http://www.facebook.com/RyeField.Cite

【注意事項】
1. 麥田出版保有認定參加者資格的權利。
2. 本活動限台澎金馬地區讀者參與。
3. 參加者務必留下有效聯絡方式。若幸運中獎卻無法及時聯絡到本人，恕視同棄權。
4. 中獎者需依照中華民國機會中獎辦法規定繳交相關稅金。
5. 本抽獎卡影印無效。

姓名：______________________

電子信箱：______________________

聯絡地址：□□□ ______________________

____

電話：______________________

cite城邦媒體 麥田出版
Rye Field Publications
A division of Cité Publishing Ltd.

廣	告	回	函
北區郵政管理局登記證			
台北廣字第000791號			
免	貼	郵	票

英屬蓋曼群島商
家庭傳媒股份有限公司城邦分公司
104 台北市民生東路二段141號5樓

麥田出版鬥陣活動組 收

▼
請沿虛線折下裝訂，謝謝！

文學・歷史・人文・軍事・生活

麥田出版
Rye Field Publications

編號：RQ7029 書名：鬥陣俱樂部